JN049191

「ほな、改めて。遠野彼方……
こっちやと彼方遠野になるんか？
よろしく」
遠野彼方
日本人の贈り人。
シュシュリーナの恋人。
悪役令嬢になんかなりません。
私は『普通』の公爵令嬢です！
7

ロザリンド＝
ローゼンベルク
乙女ゲームの悪役令嬢ロザリアに
転生した元日本人。ロザリアと元日本人の
渡瀬凛が融合しロザリンドと名乗るように。
トラブル吸引力がはんぱない。
ディルク＝バートン
（仔猫化ver）
侯爵家の一人息子。
黒豹獣人の血が流れているため、
完全獣化すると黒豹の姿になる。
ロザリンドの婚約者。
天空要塞に!?

遺跡がまさかの
ジャッシュ
ジェラルディンの息子。
訳あってロザリンドに助けられ、
現在従者として仕えている。
ジェラルディン
SSSランク冒険者で超直感持ち。
かなりの脳筋でマイペース。
ジャッシュの父親。
ミーコ
AIを搭載した
アンドロイド。
遺跡の守護者を
している。
シュシュリーナ＝
ヴォイド
金獅子族の公爵令嬢。
ヴォイド公爵の代理を務めている。
彼方の恋人。

オスカル＝ヴォイド
（獣化ver）
シュシュリーナの父。
シュシュリーナ
（獣化ver）
ジェラルディン
（獣化ver）
立派な肉球に
フカフカな鬣、
もふもふな尻尾に
サービスされて
最高のひとときを
堪能中！

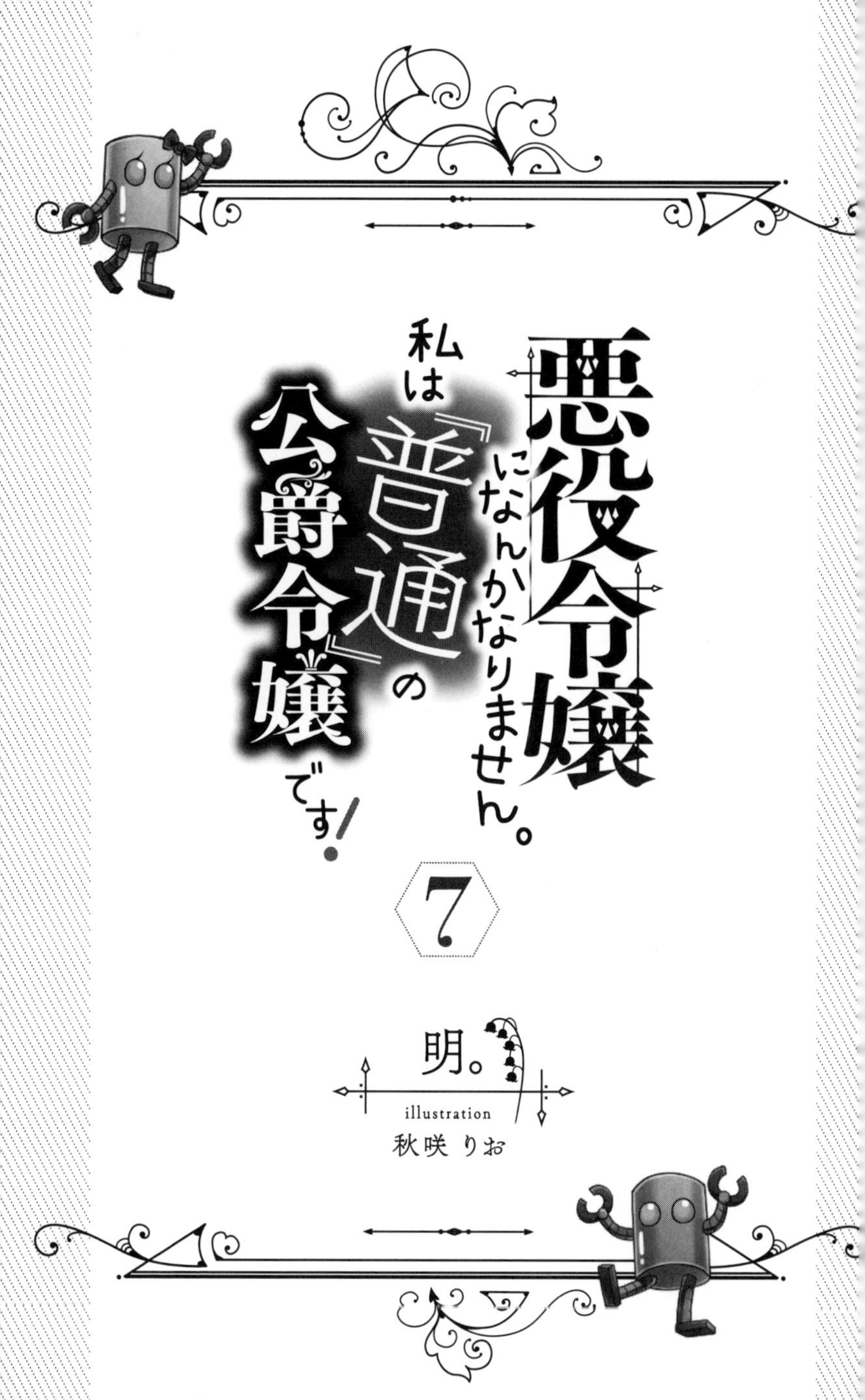
悪役令嬢
になんかなりません。
私は『普通』の
公爵令嬢
です！
7
明。
illustration
秋咲りお

口絵・本文イラスト
秋咲りお

装丁
おおの蛍（ムシカゴグラフィクス）

Contents

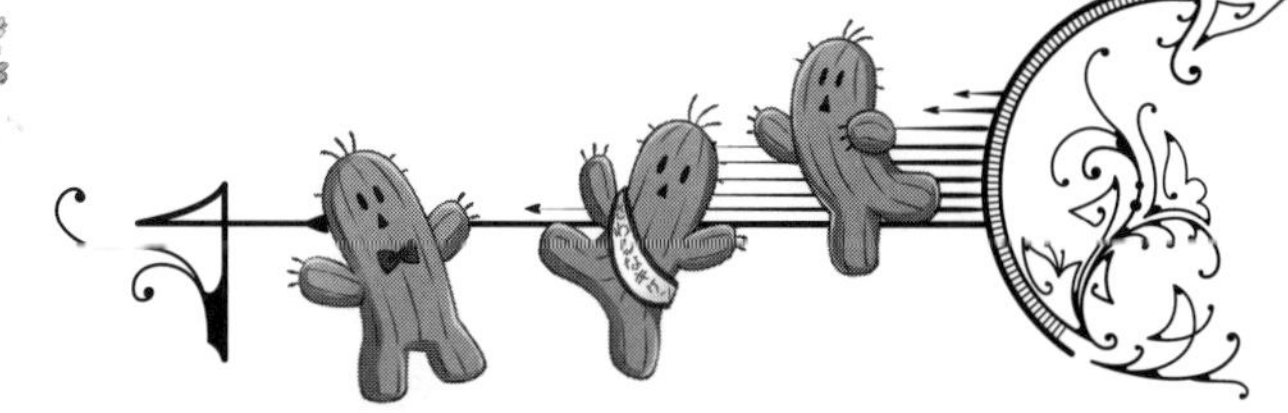

プロローグ　夏の嵐

とある乙女ゲームの悪役令嬢ロザリアに多分転生した日本人の私こと、渡瀬凛。ロザリア本人と協力し、融合してロザリンドとなった。

ゲームでの死亡フラグを回避するため、素材集めと夏のバカンスに海へ出かけたら、またしても事件が発生。水の精霊王を助けたり、友人であるシーダ君のお父さんを冤罪から助けたりと大忙し！　あまりにも予想外の事件が続くけど、ちゃんと進んでいるはず。

目指せ！　死亡フラグ回避！　進め！　夢のモフモフとラブラブのスローライフ！

友人で鼠獣人なシーダ君のお父さんであるミチェルさんの勝訴祝いパーティも終わり、ウルファネア城に泊まった翌日。朝食を済ませ、みんなの今後の予定について確認することにした。お城の一室を借りて、お茶をしつつ話すことに。
私の大親友でローレル公爵令嬢でもあるミルフィは、晴れて恋人となったシーダ君とデートをしてから家に戻るそうだ。なんでも、彼と婚約したいとミルフィのご両親を説得するらしい。

「私達もそろそろ戻らないと、陛下が限界じゃないかな」

クリスティアの第一王子であるアルフィージ様の言葉に、護衛騎士であるカーティスが頷いた。

「アルフィージ、普段すげー働いてるもんな。多分、王様今頃涙目だな。アルフィージの仕事量を知らねーで安請け合いしたから」

超有能なアルフィージ様の仕事量……すごそう。それを国王陛下が自分の仕事に加え一人でさばくのは無理ゲーに違いない。大惨事の予感がする。

「まぁ、仕事がたまりすぎても面倒だな。ロザリンド嬢、なかなか楽しい休暇だったよ。とても有意義に過ごせた。私は帰るが、アルディンはどうする？　せっかくだからお前はまだ遊んでいてもいいぞ」

クリスティアの第二王子で、王太子でもあるアルディン様は首を横に振った。

「俺は兄上の手伝いがしたいです。兄上が大変な時に俺だけが遊ぶなんてできません。微力ですがお手伝いさせてください」

とてつもなくまばゆいです。多分アルフィージ様も同じだったんでしょう。アルディン様から目をそらしました。

「……わかった。なら、遠慮なくこき使うとしようか」

「はい！　ありがとうございます！　俺、頑張りますね！」

「…………うん」

アルディン様には意地悪を言っても、全く通用しません。まぁ、今のはアルフィージ様の照れかくしだけどね。

「ロザリンド嬢はどうするんだ？」

「カナタさん……シュシュさんの贈り人に会いに行くつもりです」

シュシュさんことシュシュリーナさんは、ウルファネアの女公爵で男装の麗人。金獅子族というちょっと特殊な獣人の一族なのです。そんなシュシュさんの想い人であり、凛と同じ贈り人でもあるカナタさん。シュシュさんとの仲を認めてもらうため、食料の買い付けに他国へ行っていたらしい。ようやく帰国できると連絡が来たそうで、ぜひお会いしたいのだ。なんとなくだけど、名前からも日本人っぽい感じがするしね。

「そうか。また何かあったら誘ってくれ。力を貸そう」

「俺も力になるからな！」

「ありがとうございます」


なんだかんだで優しい王子様達をクリスティア城に送り、私達はウルファネアにあるシュシュさんのお屋敷でカナタさんお出迎え大作戦会議を行いました。

「すれ違うと面倒だな」

「確実なルートはこっちですが、複数だと……」

私とシュシュさんは地図を広げ、カナタさんの通るルートを予測しながら作戦を練る。

「何故でしょうか、ディルク様。俺にはお嬢様達が狩りの計画をしているようにしか見えません」

シュシュさんの従者で大体死んだ魚のような瞳をしている蜥蜴獣人のアンドレさんが、私の婚約者でスパダリ進化が著しいマイダーリンディルクに話しかけました。

「……うん。ロザリンド、カナタさんに怪我をさせたらダメだよ」

「そんなヘマはしませんよ」

へらっと笑う私。そしてまた地図に向き直り、シュシュさんとお出迎え大作戦について熱く語り合う。いやあ、悪戯って楽しいよね！

「きっとカナタもびっくりするな！」

「そうだね！　ド派手にお出迎えしよう！」

「「普通にしませんか⁉」」

すっかり盛り上がったシュシュさんと私。常識人二人の叫びは、聞かなかったことにしました。

そして、熱く語ること三時間。シュシュさんと二人で考えたカナタさんびっくりドッキリお出迎え大作戦は完成し、始動したのであった。

第一章　カナタさんとなんでやねん

俺は遠野彼方（とおのかなた）。よく偽名？　と聞かれるが、本名だ。

俺は普通の……ごくごく普通の生活をしていた。両親と死別して幼少時施設暮らしをしていたが独立して独り暮らしを始めた。友人もいたし、彼女もいた。仕事もしていた。彼女にフラれてやけ酒をしていた夜、俺の世界は激変した。


そんな、現実逃避をしてしまうほどに、俺は今、ピンチでした。

「ぎゃあああああ⁉」

さっきは道に巨大な蛇が寝ていて、迂回（うかい）ルートを選んだら、蜘蛛（くも）に追われ、虎（？）に追われ、何故かグ○コの看板的なランナーに追われ、終（しま）いにはドラゴンに追い回されてます！　いや待て！　途中明らかにおかしいのが混じってた！

「ちょ！　マジで俺は食うてもまずいで！」

ドラゴンは走りつつ首をかしげた。あれ？　なんか可愛（かわい）くね？　いやいや、余所見（よそみ）している場合じゃない！　この先は下り坂！　ここで距離を稼ぐ！

「『魔模写（トレース）‼』」

神様に貰った魔力を物質に転化する天啓。ただし、術者が構造を理解しているモノに限る。それでスケボーを作り、坂を一気に滑り降りた。

「こわあああああ⁉」

山道でのスケボー下りはデンジャーすぎました。勢いはんぱないし、いつスケボーがぶっ壊れてもおかしくないし、ガタガタしてるから落ちそうだ！　あかんやろ！

「死ぬううううう‼」

「やっば！　もふ丸！　助けてあげて‼」

天使の声がした。昔の俺の嫁……俺の癒しだった神的な声がした。俺、ガチやばいんちゃうか？　一瞬気をそらしたら、崖から落ちる瞬間だった。

「うわあああああああ⁉」

目前を白くて赤い何かが横切り、俺は落下した。

そして、俺はもふもふに埋まった。視界が真っ白である。でかいもふもふが助けてくれたらしい。

「おにーちゃん、大丈夫？　おいかけっこ楽しかったね」

先ほどのドラゴンが近寄ってきた。おいかけっこ⁉　見た目と裏腹に、ドラゴンは子供みたいな可愛らしい声をしていた。

「へ？」

頭が全く追いつかない。ドラゴンはしゃべる生きものでした？　そもそも俺はおいかけっこなんてしていない。必死で逃げまくっていたわけで……。

ぼんやりしてたら、巨大なロボットが落ちてきた。おかしいな、この世界は剣と魔法のファンタジー的な世界だったはずだ。何故ＳＦ丸出しのロボットがいるんだ⁉

「ロッザリンドォォ‼」

むっちゃかっこええけど、ロッザリンドォォってなんやねん。頭が働かないを通り越して、なんにも考えられなくなってきた。目の前の光景がカオスすぎる。気がつけばドラゴンとロボットと蜘蛛やら虎やらに囲まれた。

これ、詰んだ？

どうでもいいけど、グ○コはおらんな。

「初めまして、カナタさん」

「…………は？」

関西人は『なんでやねん』と言うと思われてんのがシャクで、常々俺は絶対言ってやらんと思っていた。しかし、である。

死ぬ思いで逃げ回ったあげく、謎の巨大ロボの手から降りてきた謎の美少女にドッキリ大成功の看板（しかも日本語だ）を出されたら、誰だって言うに違いない！

「なんってやねぇぇん‼」

遠野彼方、二十五歳。目前でドッキリ大成功の看板をかかげる天使のようなつり目の極上美少女に渾身のツッコミを炸裂させた。

そしてこの後、俺は多分一生分のなんでやねんを言ったのではないかと思う。なんでやねんとしか言いようがなかった。

カナタさんをド派手にお出迎え大作戦。闇様(やみさま)や魔獣さん達に協力してもらい、予想通りカナタさんはメチャクチャびっくりしてました。ちなみにカナタさんは普通の日本人でした。黒髪黒目、どこにでも一人はいそうな地味なお兄さんです。

キレたカナタさんにチョップをくらいましたが、ドッキリ大成功に私は満足です。

「おかえり、カナタ！　びっくりしたか？」

シュシュさんがカナタさんに飛びついた。

「おわ⁉　シュシュ……お前もグルか⁉　びっくりしたわ！　ちゅーか、こんなドラゴンとかに追い回されてびっくりせん奴(やつ)はおらんわ！」

「あっはっは。ですよねー。改めまして、ロザリンド＝ローゼンベルクです」

「初めまして、ディルク＝バートンです」

改めて自己紹介をした。カナタさんはポカンとしている。

「カナタさん、実はカナタさんは神子(みこ)様になりました」

「なんでやねん⁉」

うん、いいツッコミ！　流石(さすが)は関西人だね！

「はい、実は……」

かくかくしかじか。農場であった出来事をカナタさんに説明しました。

「なんでやねん！　ちゅーか、普通に自分が感謝されとったらええやんか！」

「これ以上わけわかんない称号はいりません！　カナタさんだって、千手観音とか超絶いいかげんに教えたりしてたじゃないですか！　うっかり千本腕があることになりそうでしたよ⁉」

「アホか！　千手観音は千本も腕ないわ！　そこはどーでもええやろ！　俺は他人の手柄を横取りする気はない！」

「くっ、まともな切り返し……やりますね、カナタさん！　でもシュシュさんとの結婚はどうなります？　手柄があれば、シュシュさんのお父様に認めていただけるかもしれませんよ？」

「それこそ、自力でやらな意味ないわ！」

「正論だね」

「う……ならば……農場でおっちゃん達に知り合いだって言っちゃったから、口裏合わせてください！」

ディルクも味方する気がなさそうだし、私は土下座した。こっちも必死である。

「えー？　なんで嫌なん？」

「だって、別に……私はできることがあるのに餓死するかもしれない人達を見過ごすのは良心が咎めるから助けただけで、善意で助けたわけじゃないのに崇められるのはちょっと……」

「それはそうやけど、なんもしとらんのに崇められる俺がどう思うかも考えてくれ」

「「…………」」

私とカナタさんが同時に沈黙した。

「シュシュさぁん！　カナタさんがいじめる！」

どさくさに紛れ、抱きつく私。おお、ささやかながら膨らみがあたる。貧乳に悪い人はいません、多分。

「ちょ⁉」

「カナタ、ロザリンドちゃんは我が領地の恩人であり、我が主なのだ。それに、確かに神子となれば領民も父も受け入れやすいに違いない。だめか？」

「…………う」

「自力でどうにかは立派ですが、かなり時間がかかりますよね？」

ディルクも正論を言った。そうだよね、年単位になるよ、きっと！

「…………………うう」

「まぁ、カナタさんが領民のために危険な旅をしたことは認めていますよ、旦那様も。別に貰っとけばいいじゃないですか。今後、それに恥じないようにしてりゃいいんですよ」

アンドレさんからも援護がきました！

「そうですよ！　カナタさんはチョコ製作なんかでシュシュさん達のために頑張っているじゃないですか」

カナタさんはチョコレートで事業展開をしており、かなりのお金持ちなんだとか。それで他国にも商談を持ちかけ、定期的にチョコと食料の交換ルートを開拓してきたらしい。

「はぁ……好きにしたらええわ。でも、あんたの知り合いで頼んだってとこだけ口裏合わすからな。神子にはならん！」

「充分です」

私はカナタさんにニッコリ笑った。

「ほな、改めて。遠野彼方……こっちやと彼方遠野になるんか？　よろしく」

「はい、よろしくお願いします……ちなみに本名なんですか？」

「おお。あんた日本人……には見えへんな」

「あはは、私の贈り人は死んで魂だけがこちらに来ていますからね」

「……あー、すまん」

「お気になさらず。贈り人の名前は、渡瀬凛（わたせりん）です。今は宿主のロザリアと融合してロザリンドと名乗っています。ちなみにこれが贈り人・凛です」

ふわり、と凛の姿に変わる。

「そっか。確かにその姿なら日本人に見えるなぁ。ちなみにどの神様に連れてこられたん？」

「は？」

「ん？」

カナタさん……いや、彼方さんによると、贈り人は必ず神様から打診があって来るものだし、何らかの天啓をもらえるらしい。

そして、この世界……ルーンアークのことや自分を喚んだ人間のこと……ある程度の情報をもらい、天啓を選んでから送られるらしい。え？　私にはそんなのなかったよ？　ロザリンド＝ローゼンベルクの片割れ、渡瀬凛。贈り人生活、数年目にしてチュートリアルを完全スキップしてのスタートだったことを知りました。

なんでやねん‼

◇◇◇

とりあえず、チュートリアルスキップはショックだったが、何か理由があるかもしれない。彼方さんから情報収集することにした。

「ちなみに彼方さんはどの神様だったんです？」

「シヴァやね。ウザいで」

わお、バッサリ。しかも彼方さん、明らかに嫌そうな表情です。

「神様にウザいって……」

ディルクが困った表情したけど、彼方さんはウザいものはウザいから仕方ないと気にしていないようです。

「毎晩毎晩毎晩夢ん中に出てきよって、寝た気がしないんや！　来んなってゆうても聞かへんし！　お前は暇かもしれんが、俺は眠いっちゅーねん！」

「夢の中に出てくるんですか？」

　確かに毎晩毎晩は非常に迷惑だ。ウザいと言われても仕方ないだろう。

「しかも、基本的にくだらん話ばっかりやし。ここ最近はおもろい子がいるゆうて来るんやけど、結局愚痴になるし」

「愚痴？」

「おもろいけどガードが鉄壁すぎて夢に入れんのやって。超強力な闇の精霊が邪魔してるらしいで」

「強力な闇の……」

「精霊……」

　私とディルクが同時に闇様を見た。闇様は口笛を吹いている。翼ある蛇の姿なのに、器用だね。彼方さん、それ心当たりがありすぎるのだけど。

「闇様」

「知らぬ！」

「闇様」

「し、知らぬ知らぬ！　我は融合しきっておらず不安定なロザリンドが神に会ったら悪影響があるだろうと心配して、神を退けたりはしておらん！」

　していたんだね。闇様……最初の頃ウザいとか塩対応してごめんよ。知らない間に守ってくれていたんだね。感謝を込めてナデナデした。

「な、なんだ⁉　わ、我は何も知らぬぞ⁉」

と言いつつも闇様は嬉しそうだ。

「いえ、いつもありがとうございます、闇様。偉大かつ寛大な闇様に心より感謝をしております」

「む、むう……そうか。ならば仕方ないな！」

闇様は大変ご機嫌です。チョロいので心配になります。

「その蛇もしゃべるんやな……」

「闇様は精霊さんです。ちなみにそのおもろい子について、他に何か言っていましたか？」

「ん？　そやなぁ……動きが予想外すぎておもろすぎるらしいで。自分はもちろん他人の運命まで変えまくってるとかでな。母親から始まってドラゴンとモグラと緑と風の精霊と叔母……それ以外にも死の運命を回避させた奴が多数いて、ウルファネアを丸ごと救済しちゃって聖女に祀り上げられて嫌がってるんやて。歴史全体がおもろい子一人に変えられてるって言うてたな」

皆様の視線が集中している。闇様の時点でわかっていたけど、それ間違いなく私じゃないか！

え!?　待て！　緑と風はうちのスイとハル？　いつの間に回避したんだろ……うちの可愛い子が死ななくて良かった！　というか、歴史も私が変えている？　……大海嘯とかはそうかもしんな……いやいや！　私は違うよ！　いろんなあれこれが重なった結果だよね！　私一人が変えたんじゃないよ、きっと！

混乱しまくる私の様子に気がつかず、彼方さんはさらに爆弾を投下した。

「それでな、勇者の再来や〜ゆうて他の神様達も天啓をやりたがってるらしいで。でもさっき言った闇の精霊にガードされてて、できんらしい。ざまぁ言うてたわ」

闇様ぁぁぁぁ‼

ありがとう！　マジでありがとう！　これ以上のチートはいらんから！

「……まぁ、あれらは勝手に潰しあっておるゆえ、我は本当に何もしておらぬ」

闇様はポツリと呟いた。明日のおやつは闇様が大好きなシュークリームにします。マジで感謝しています！　本気で闇様を拝みました。

「後は、シヴァがおもろい子に天啓をあげたらしいねん。けど、斜め上に発動しまくっててロッザリンドォォになったたて言うてな。ロッザリンドォォってなんやね……ん？」

彼方さんがヴァルキリーを見た。指さした。

「……ロッザリンドォォ？」

言いたいことは伝わりました。私は観念いたしました。

「そうです、私が（多分）おもろい子です」

「なんでやねん！　はよ言えや‼」

「すいません……現実を認めたくなくて……」

「ロザリンドは自称普通の公爵令嬢だって言っているもんね」

「「「それはない」」」

彼方さん、シュシュさん、アンドレさんから即座に否定されました。なんでやねん‼

「あー、なら俺が仲介したろか？　シヴァに聞きたいこととかあるか？」

「私の天啓は何ですか？　でお願いします」

「……知らんの？」

「はい」

　本来はこっちの世界に来た時に天啓を選べるはず……。どうしてこうなったのかなぁ？

　ちなみに神様に会えるのは贈り人のみ。ルーンアークの人間に対して神様は天啓をあげる以外の干渉を禁止されているそうな。

「あ、後は一回だけ会いにきてくださいって言ってもらえます？」

「それはいいけど、大丈夫か？」

「ロザリンド、無理はしないでね」

　一回話すだけだからと約束して、ディルク、闇様、彼方さんに納得してもらいました。多分、暇神だから今夜にでも来るだろうとのことでした。

　神様かぁ。どんな感じなんですかね。

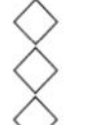

　ゆらゆら、水面を漂うような感覚から、一気に目が覚めたような気がした。
『やあ、久しぶり』
　私の目の前にはにこやかに笑う白いお兄さん。目は銀色？　服も髪も白い。どちらかといえば美形かなって感じで穏やかそうな印象を受けた。白いけど、普通っぽい。

確かに、会ったことがある。いつだっけ？

そう思ったら一気に記憶が戻ってきた。

『やあ、死にそうだね』

あの日、多分私は……凛は心臓発作を起こして……意識を失う前にやたら軽い声がした。そばには、全体的に白い人。いつからいたのかな……もう身体が動かない。

『君の魂はもったいないなぁ。ねえ、君なら多分助けられる女の子がいるんだ。死にたくないでしょ？　君を死なせない代わりに女の子を助けてよ』

「しにたく、ない」

私は確かにそう言った。必死だった。今意識がなくなれば死ぬと本能的に理解していた。白い人が神でも悪魔でも、かまわない。死にたくないと心から願った。私、なにもしてない。何もできなかった。後悔ばかりで……私は、本当は誰かを助けられる人になりたかった。

『オッケー、ならおいで。身体はもう使えないから、魂だけだね』

身体から魂が離れると、泣き声が聞こえた。

「たすけなきゃ……」

私は朦朧としながらも約束を覚えていた。女の子を助けなきゃいけない。きっと、あの子が私を喚んだんだ。あの子が私を、呼んでいるんだ。行かなきゃ、助けなきゃ……今すぐに！

「なかないで……いま、たすけるから……」

『え!?　ちょっと待って！　まだ説明が！　ええええええ!?』

焦る白い人の手をするりと抜けて、私は一直線に女の子の所に行った。

「たすけに、きたよ」

もう大丈夫だよ、という気持ちを込めてにっこりと小さな女の子に微笑んだ。

「あなたは……？」

泣いていた女の子がゆっくりと顔をあげた。

泣いていたのは、ロザリアだった。彼女に触れて、私は意識をなくしていく。

『うわあああ……だ、大丈夫かなぁ？　あ、天啓！　天啓はちゃんとあげるからね！』

最後に聞いたのは、アワアワした白い人の声だった。

『……大丈夫？　やっぱり僕がいるのは良くないみたいだねぇ』

「いえ……出会った日の記憶が戻っただけです。すいません」

チュートリアルスキップは、自分のせいでした。少し気を失っていたみたい。夢の中で夢を見るなんて変な感じ。私は……リン……凛だね。贈り人の私にしか神様は会えないってことかな？

『僕はシヴァ。無理をしてでも言いたいことがあるんだって？』

「あ、はい。この世界に連れてきてくれてありがとうございます」

『…………………………はい？』

「どうしても直接お礼を言いたかったのです。私は今、とても幸せですから」

『あはははは！　いや、文句言われるか、ぶっ飛ばされるかと思っていたよ！　ハリセン対策にへるめっとまで用意したのに～』

シヴァさんはどう見てもコントでしか使わないバラエティー番組でよく見る被り物を出してきた。

「シヴァさん、それはハゲヅラですよ。頭を守りませんよ。お礼はきちんと相手の顔を見て言いたいじゃないですか」

シヴァさんは日本のバラエティー番組をこよなく愛する神様でした。暇神とも言う。ようやく笑いがおさまったシヴァさんは私に問いかけた。

『まだ聞きたいことがあるよね？』

「……答え合わせをしたくて。あれは――」

『……まさかヒントなしで真実に辿り着くなんてね。正しいよ。詳しくは話してやれないけどね』

真っ白な神様は、肯定した。確証は得た。後は走り続けるだけ。この質問は直接神様に聞くべきだと感じていたから、どうしても彼から聞きたかった。

『そろそろ目覚めなさい。これ以上は、本当にまずいみたいだ。見守っているよ、我が愛し子達。幸せにおなり』

「あ、あと、アルフィージ様達の武器作る時にヒントをありがとう」

シヴァさんはへらりと笑って手を振った。あの時の声はやっぱり彼だったのか。

急速に意識が現実へと戻ろうとしているのがわかった。

私は愛しいこのルーンアークで生きていく。今度こそ、悔いのない人生を。

シヴァはロザリンドちゃんのとこに行ったので眠れる……と思ったら、シヴァは戻ってきました。なんでや。

「帰れや」

『カナタ、カナタ！　やっとあの子に会えたよ！　僕お礼を言われちゃった！　ありがとう、幸せだって！　うふふふふ～嬉しいなぁ』

「さよか。良かったな。帰れや。俺は寝たい」

『ずるいわよ、シヴァ！　あんたはまた綺麗な魂の贈り人と仲良くしてぇぇ！　妾だって妾だって、可愛い贈り人が欲しいのにぃぃ』

またしてもウザいのが来てしまった。女神ミスティアである。俺の夢で騒ぐのはやめてくれないだろうか。ミスティアはシヴァの首をつかんでガクガク揺さぶっている。ヒステリーだが、外見は神様なだけあって作り物めいた美しさだ。完璧なプロポーションと整いすぎた美貌。しかし、キレていて台無しという残念さ。

ミスティアがキレるのはいつものことだ。もう、面倒だからその辺で寝てしまおうかと思案していたら、更にウザいのが来てしまった。

『解せぬ。何故シヴァばかりが選ばれる……』

知識の神・インジェンス。見た目は頭良さそうだが、実はアホなんじゃないかと思うことがある。

「お前ら、ほんまなんで俺の夢に集合すんの？　帰れや！」

『……すまない、カナタ』

スレングス、お前もか。お前は基本的に静かだし、うるさい神々を捕獲してどっかに連れてってくれるから来てもいいけどな。

武術の神・スレングス。寡黙で、でかくてゴツい。見た目は怖いが優しいし、気のいい奴だったりする。

「あー、早めに回収してくれ」

『……少し聞きたいんだが』

「ん？」

『カナタがもし、我ら4柱から天啓を得られるとしたなら、誰を選ぶ？』

「多分シヴァ」

即答だった。だって俺、戦う系統の天啓を貰っても多分使いこなせないし。いや、シヴァの天啓も使いこなしているかは微妙だけどな。

シヴァ以外の全員が地に伏せた。聞こえていたらしい。

『何故だ！』

『どうして⁉』

『……（涙目）』

シヴァはどや顔をしている。ウザいから張り倒してもいいだろうか。

「あ、今ならスレングス」

『…………‼（ガッツポーズ）』

『妾の方が美しいのに！』

『解せぬ…………』

『え～、なんで～？』

「スレングスはうるさくないし、ええ奴やから。シヴァは来すぎや。ええかげんウザい」

『…………‼（勝利のマッスルポーズ）』

まぁ、スレングスも暑苦しいのだが、言うと泣きかねないので黙っていた。沈黙は金なりである。

『くっ！　妾の魅力がわからぬとは……このろりこんめ！』

「ロリちゃうし。貧乳が好きなだけやし」

『しかし、何故人の子は我らの申し出に同意せぬのか……何故我らを選ばぬのか……』

インジェンスが考えこむ。帰ってやれよ。

「顔が怖いからちゃうか」

『怖いのはむしろスレングスだろう』

あ、スレングス丸まった。お前は確かに見た目があまりにも厳ついから子供に号泣されるけど、いい奴だよ！　頭を撫でてやりながら、インジェンスに言ってやった。

「目つき悪い、高圧的、美形すぎるからやろ……多分。シヴァが一番普通っぽいねん。白いけど」

『妾は⁉』

「美人すぎ、がっつきすぎ、ギャップが酷(ひど)い」

『そんな……妾が美しすぎるから⁉』

後は人の話を都合のいいとこしか聞かないからだろうな。

『も〜、カナタ！　ぼ・く・の！　贈り人のロザリンドちゃんがもしもいなかったら、君の大事なシュシュリーナちゃんが死んでいたかもしれないんだから、もっと僕に感謝してよ！　もっと崇(あが)め称(たた)えてよ〜！』

「……は？」

『もう死の運命をほぼ回避して起きない未来になったから話しちゃうけど、シュシュリーナちゃんは人柱になるはずだったんだよ』

「……なんの？」

『ちょ、シヴァ……』

怒りのあまり目が眩(くら)む。神々が怯(おび)えていたが気にならない。シヴァは俺に気がついていない。

『強いて言うなら世界の？　あの子は世界のために死ぬ運命だったからね。せめて死ぬまで幸せに過ごせるようにと、君を贈ったんだよ』

「ふっざけんなぁぁぁぁ‼」

『ひぃっ⁉』

「シュシュが死ぬ⁉　お前、マジでふざけんなや！　いてこますぞ‼」

『や、だから回避して……』

「だからなんや！」

自分の無力さが腹立たしい。自分の不甲斐なさが腹立たしい。彼女が抱えていたものに気がつけなかった自分が、何よりも腹立たしい！

『悪かったよ。カナタはひ弱だし、話しても悲しいだけだから言わなかったんだよ。おわびにシュシュリーナちゃんの運命が変わった瞬間を見せてあげるから！』

「ひ弱は余計や……」

目の前に映像が現れる。黒い男を追い回すロザリンドちゃん。何してんだ。

「あはははははは」

「怖い怖い怖い怖い怖い！　真顔でくるなぁぁぁ‼」

ロザリンドちゃんは超真顔で部屋中を走り回る。あれは地味に怖い。そうこうしているうちに、ついに黒いのが部屋の隅に追い詰められた。

「カバディカバディカバディカバディ」

「は？」

「カバディカバディカバディカバディカバディ」

カバディをノンブレスで唱え続ける、無表情のとてつもなく残念な美少女。意味不明かつ俊敏な動きと呪文的なカバディに、黒いのが怯えてる。

「カバディカバディカバディカバディカバディカバディカバディカバディ」

「い、いやあああああ‼」

そして、絶叫とともに黒いのが倒れた。

「……これ何？」

映像がシュールすぎてわけわかめだった。どうしてこうなった。

『あの黒い男の中にいる魔をどうにかするため、抑えるためにシュシュリーナちゃんは命を落とす運命だった。でもあの子が魔を怖がらせて抑え、さらに力をつけさせない的確な指示まで出したからね』

「……なんでカバディ」

『さあ？　面白いよね、カバディで間接的に世界を救っちゃってる聖女』

なんだか衝撃的すぎる映像に、頭が働かない。わけがわからない。なんでだ。

「寝るわ」

『ええ⁉　僕放置⁉』

「眠いから寝る」

『え〜、仕方ないなぁ。また明日ね』

「だから来んな！」

叫びながらも意識は遠のき、俺はようやく眠れたのでした。

目が覚めたら、気持ち悪かった。この身体で飲酒したことはないが、二日酔いに似ているかもしれない。さらには身体を動かすのが億劫だ。ここは……ウルファネアのシュシュさんちの客室か。

「おはよう、ロザリンド」

隣で寝ていたディルクが微笑む。

「おは……よ……」

ディルクはすぐに私の異変に気がつき、額に触れた。あ、なんかちょっと楽……。

「酷い熱！」

熱なの？　ロザリンドになってから風邪もひかない超健康体だったから、わかんなかったわ。

ディルクは素早く身支度をすると外に出てしまった。しんどい時に独りはやだなぁと思っていたら、ディルクはたらいと布を持ってきた。たらいには水が入っていて、水につけてから絞った布を額に当ててくれる。冷たさで少し楽になるが、さっきディルクに触れられた方が楽だった。

「ディルク……」

「ん？」

必死で腕を伸ばす。ディルクが近寄ってきたので抱きしめる。一気に身体が楽になる。

「ディルク……」

「んう⁉　ちょっと⁉　なんで撫で回すの⁉」

キスをして、ディルクの服の中に手をつっこんで撫で回す。

「ディルクの肌にさわっていると楽……脱いで」

「…………え」

ディルクが固まった。辛い私をなんとかしてやりたいが、脱ぐのはまずいと考えているのだろう。

「んー」

「にゃあ⁉　ちょ⁉」

首もとにぐりぐりすり寄る。耳をはむはむする。ディルクは固まったままだ。

「……ふむ、魔力酔いだな」

「ふみゃあああ⁉」

すごい勢いでディルクが逃げてしまった。だるい。辛い……闇様はなんて？　魔力、確かにぐるぐるしてる……あたまがはたらかない……。

「神のせいでロザリアの魔力が活性化してバランスを崩したのだ。ディルクよ、つがいの接触は魔力を安定させる。触れたがるのはそのせいだ。存分に触れさせてやれ。その方が回復も早い」

「……いつからいたんですか……」

「脱いでのあたり……」

「言わなくていいです！」

闇様はキョトンとしている。精霊だからか恥じらいとかないのかも。闇様はすることがあるからと出ていった。

「ディルク、だっこ～」

回らない頭でも、わかったことがある。ディルクを触れば体調がよくなるのは勘違いじゃない。

ディルクを触りたい放題？　それ、なんてご褒美？

「可愛い……」

ディルクが上着を脱いで完全獣化した。私に添い寝かと思いきや、もふもふぽんぽん枕………

し、至福！

「幸せ～」

もふもふもふもふもふもふ。柔らかな腹毛を堪能しまくる。

「にゃあ……あ、あんまりぐりぐりしないで！」

「いい匂い……」

「お腹を嗅がないで！」

ディルクのもふもふぽんぽんに頭をつっこみ匂いを嗅いだ。いい匂いって誉めているのに。

「やら。もっと～」

「ふにゃあ!?　ゴロゴロ……」

顎をナデナデ、首にスリスリ……結局、ディルクの背中に乗っかり寝てしまった。

目が覚めてもまだ身体は不調のまま。ディルクは私に添い寝してくれていました。

「もふもふ……」

「起きた？　何か食べる？」

ディルクは獣人姿になると上着を羽織った。

テーブルの果物をカットして私の口元に持ってきてくれた。正直、吐き気で気持ち悪かったので食欲はなかったが、愛するディルクのあーんである。

「食べる……」

ディルクはせっせと私に果物を食べさせた。

「お水も飲んでね」

「拭いてあげる」

「まだ食べる？」

「ディルク、ご飯は？」

すっかりディルクに介護されている私。ディルクは嬉しそうに私の世話をしてくれる。

大音量の腹の虫が鳴いた。

「忘れてた……」

ディルクは私を片手で抱え、そのままご飯を食べた。食べにくくないかな？　ディルクのおかげでだいぶ体調が改善しているし、手伝ってやろう。

「ディルク、あーん」

「え!?　や、なに!?」

「私を抱えたままではディルクがご飯を食べにくい。私も離れると体調がしんどい。なので、私が食べるお手伝いをします」

ディルクは首を左右に振った。

「大丈夫、食べにくくないから！」

「……私もディルクにあーんがしたいなぁ」

あざとく上目遣いでおねだりしました。

「………………………………お願いします」

ディルクが折れました。顔が真っ赤（まっか）ですよ。

「はい、あーん」

それはもう、存分にイチャイチャしました。

「あ、ディルクの口もとソースついてる」

ペロッと舐（な）めたらディルクが口元をおさえてプルプルしていました。可愛い。

「い、イタズラしないの！」

涙目で文句を言われましたが、可愛いとしか思いませんでした。

「ごめんね、ディルクのおかげで体調はだいぶましだから……イチャイチャしたくなっちゃって」

「…………くっそ可愛い！　ロザリンドはなんでそんな凶悪に可愛いの⁉　俺を殺す気⁉」

「ディルクの方が可愛いですよ。うふふ、私を誘っているの？」

「ささささささそ⁉」

動揺して高速で首を左右に振るディルク。知っているよ。からかったんだよ。可愛い反応に満足しています。ごちそうさまです。

「私はどっちも可愛いと思うぞ！」

「ふあ⁉」

「あ、シュシュさんおはようございます」

いつの間にかシュシュさんと彼方さんが来ていました。

「うむ！　……主、顔色が優れないようだが……」

「神様に会った副作用ですかね。魔力酔いだそうで」

「なるほど、だからつがいの膝(ひざ)にいるわけか」

シュシュさんは納得してくれたようだ。あれ？　彼方さんやけに静かじゃない？

「彼方さ……」

「ありがとう、カバディ」

は？

しん、と場が静かになった。カバディ？　カバディ……カバディ⁇

「あかん、間違った」

「いや、どんな間違い方ですか⁉　彼方さん、私がカバディを披露した時はいなかったよね⁉」

「いなかったけど、インパクトが凄(すご)すぎてちょっとな。話したいことがあるんやけど体調悪いみたいやし、出直すわ。そういや、ロザリンドちゃんの天啓はシヴァの寵愛(ちょうあい)らしいで」

「……おうふ」

彼方さんは爆弾を投下してシュシュさんと去っていきました。

「どんな天啓なの？」

「救世の聖女も持っていたとされる伝説の天啓で、自分が思い描いたなんでもかんでもを作れちゃうチート天啓です」

あれ？　なら魔力酔い改善の魔具を作れば……でも材料がなぁ……。

「……鞄（かばん）やら指輪やら……説明がついちゃったね」

「うん……」

じい様に報告するべきかなと思いつつ、頭が回らないのでディルクに介護してもらってまったりと過ごしました。

そして、私が魔力酔いはしんどいけれどディルクとまったりのんびり幸せイチャイチャモフモフタイムをこれでもかと満喫している間に、実は大変な事件が起きていた。

後で詳細を聞いて、なんでこうなった⁉　と思わずにはいられなかった。

第二章　大好きだから

初めて会ったのはローゼンベルクの邸、バルコニーだった。我は強い精霊だから、まだ幼いロザリアも見ることができた。

「おつきたまみたい」

誰もが恐れる我を見て、ロザリアは笑った。他愛ない言葉に、この幼子を守ると決めた。

幼子はロザリンドになり、かなり……だいぶ……相当予想外の方向にすくすくと育ったが、毎日が楽しい。巨大な翼ある蛇の姿も恐れず、心がこもった贈り物をくれる。温かい笑顔と優しい言葉。

知らぬだろう？

汝が我に何気なくくれる言葉で、我がどれほど幸せになれるのかを。

魔力酔いを起こしたロザリンド。魔力酔いの間は精霊が側に寄れぬ。その隙に、考えなしな神がロザリンドに会おうとするやもしれぬ。

我らの小さな主（まだ予定だが）を護らねばなるまい！　魔力酔いの特効薬を作るのだ！　我はロザリンドを護るべく、仲間を集めるのだった。

仲間はあっという間に集まった。ロザリンドの加護精霊達だ。

「お前は嫌いだけど、ロザリンドのためだからね」

緑のが言う。我とこやつは仲が悪いが、今は関係ない。ロザリンドが優先だ。植物のスペシャリストとして探索組に同行する。

「ふむ、ロザリンドのためならば仕方あるまい」

光のは護衛組だ。素材は危険な魔物が多数いる森の中にある。数チームに分かれての探索になるため、護衛は必須（ひっす）なのだ。

「アリサ、がんばる！」

「仕方ないね」

「ロザリンドノタメニ」

小さき緑達もやる気だ。彼らも探索組になる。

「頑張るよぉ！」

土のは護衛だ。こやつはかなり強い。ロザリンドのためならば、存分に力を発揮するであろう。

「クーリンもがんばる！」

水のも護衛だ。やる気でなにより。この者も水の精霊王の娘なだけあり、強い。

「僕らもできることをするよ」

「うん……みんな、早く帰ってきてね」

ロザリンドの兄と火のは留守番……ではなく調合組だ。ローゼンベルク邸にある素材を集めて、煮込まねばならない。火のは本来ならば護衛組としたいが、長時間の火加減調整が必要になるため調合組となった。

「皆無茶はするなよ。ロザリンドが泣くからな」

風のは魔獣達と我らの不在をロザリンドに悟らせず、各組の連絡中継役だ。さて、出発しようとしたら我らに参加したいと申し出る者達がいた。

「話は聞かせていただきましたわ！」

「俺も行く」

確かロザリンドの親友の……ミルフィ……ミルフィーユ（?）だったか。ピンクブロンドの娘は、強い意志で瞳（ひとみ）を輝かせる。
※正解はミルフィリアことミルフィです。
静かな白鼠（しろねずみ）の少年……しー……シーツ（?）……チーズ（?）だったかも譲る気はなさそうだ。
※正解はシーダです。
二人は逢引（あいびき）に行く予定だったらしいが、我らが話しているのをたまたま聞いて、親友のためについてくるらしい。

「我らも同行いたします！」

「お嬢様のために！」

「お嬢様が苦しんでおられるならば、お助けするのは当然ですわ」

ロザリンドの従者の……雑種？
※正解はロザリンドの影が薄い従者・ジャッシュです。迷惑な英雄の息子さんです。

ラビ……と、マーサだな。マーサはロザリンドの姉のような者だ。ロザリンドの誕生日を教えてくれたので名前も覚えている。
※正解はラビーシャです。ラビーシャはロザリンドのメイド。マーサはローゼンベルク家のメイド長です。
「頭は残念ですが、一番危険がある探索場所には父を呼びましょう。頭は残念ですが、勘もいいですし、とてつもなく強いですよ」

雑種（?）よ、お前は父親に何か恨みでもあるのか？　まぁいい。雑種（?）の父、のうきんえいゆうも参加になった。
※正解は脳筋英雄ジェラルディンさんです。
「まぁ……英雄様に同行していただけるなんて光栄ですわ」

「ほ、本物……」

「中身は残念なオッサンですから、お気になさらず」

ミルフィーユ（?）とシーツ（?）が羨望の眼差しをのうきんえいゆうに向けるが、雑種は……やはり父が嫌いなのだろうか。紹介に悪意が滲んでいる。ともかく人数は揃った。大半はローゼンベルク邸にあるが、採取が必要なのは三つ。

女王ロイヤルゼリー、宝珠の果実、魔力食いの葉だ。

それぞれ生息地が違うため、三つのグループに分かれた。

女王ロイヤルゼリーとは！　クリスティア西部の迷いの森に生息するクイーンビーの巣で作られている栄養価の高いゼリー的な何かです。

必要素材の中では比較的難度が低めのため、私ことラビーシャ、お嬢様の加護精霊で緑と浄化を司る（つかさど）るアリサちゃん、同じくお嬢様の加護精霊で水を司り、バハムートの血も引くクーリンちゃんで行くことに。クイーンビーはサドマゾ花の近くに巣を作るので、アリサちゃんに探知してもらい、私達が狩るわけです。

「ラビちゃん！　見つけたよ！」

「おお、さすがはアリサちゃんです。行きますよ、クーリンちゃん！」

「はーい」

私は忘れていました。クーリンちゃんは普段ちっちゃくて可愛（かわい）いお魚さんです。しかし、あのお嬢様の加護精霊なのです。お嬢様も色々とおかしいのですが、お嬢様の加護精霊さん達も、皆さんだいぶおかしいんです。

お嬢様、お嬢様と以前クイーンビー狩りをした時に、お嬢様はそっちの女王様かい！　とよくわからないツッコミをしていましたね。そっちってどっちですか？　女王様って種類があるのですか？　そう話したら、お嬢様は世の中には知らない方がよいこともあると言っていました。

ええ、まさに、今ですよ！

クーリンちゃんは水球で巣を丸ごと包んでしまいました。中まで水浸しにならないように、外側だけを水で密閉です。

「あのね、お姉ちゃんに習ったの。陸のいきものはさんそがないといきられないの」

何もしなくとも……いや、水球で空気を遮断したから？　次々とマゾ兵隊ビーが水球の水にポトポト落ちていく。怖いですよ！　一方的な虐殺ですよ！　サイレントキラーですよ！　なんてことを教えたんですか、お嬢様ぁぁ!?

「キシャアアア!!」

ついにサディスティッククイーンビーが巣から出てきた。黒いボンデージと鞭、赤いハイヒールと特徴的な姿なので間違いない。

「ぐーるぐる」

「ギャアアア!?」

サディスティッククイーンビーは水球の壁に触れたとたん水に捕獲され、ぐるぐる回され、溺れ死んだ。

結局私がしたのは素材回収でした。私も一応ランクBの冒険者になったんだけど、おかしいなぁ？　でも勿体ないから、ちゃんと解体はしましたよ。

それにしてもこんな状態がいい完全な形の巣なんて売ったらいくらになるやら……わりと時間が余ったので、クーリンちゃんはさらに巣を三つ制圧しました。

アリサちゃんはアリサちゃんでレア素材をやたらめったら見つけまくる。今回の採取だけで一財産ですよ。私の留学費用が楽々賄えるぐらいですよ？

私が何しに来たのか微妙すぎる結果でしたが……と、とにかく女王ロイヤルゼリー、無事にゲットです！

◇◇◇

わたし、アリサ！

今はラビちゃんとクーちゃんでママのお薬の材料を取りに来たの。ラビちゃんもクーちゃんもスゴいんだよ！

クーちゃんは一人で蜂さんぜーんぶやっつけるし、ラビちゃんは針で他の魔物をブスッと一回でやっつけるの！　ラビちゃんの武器はママが作ったんだって。針は魔石か魔力で生成。普段は筒で、小さくもできるスグレモノだってラビちゃんは言ってた。二人ともスゴいの！　アリサもがんばらなきゃ！

みんなで他にもたーくさんの素材を集めたよ！　ママへのお土産もできたの。ママ、喜ぶといいなってみんなで笑いながら戻ったんだ。早くママが元気になったらいいなぁ。たくさん誉めてもらうんだ。ぎゅーもしてもらおう。えへへ、楽しみ！

ロザリンドと出会って間もないけど、ロザリンドのためならちょっとぐらい危ない目にあっても助けてやりたいと思った。だから、俺……光の薔薇(ばら)の精霊であるチタは、宝珠の果実探しを手伝うことにした。

でもさ？

「こんな状況で集中できねーよ、ばかぁぁぁ‼」

俺、ゴラ、ハク、マーサが宝珠の果実組になった。宝珠の果実は光の属性を持つ。ゴラはサブに毒属性を持っているから探索に向かかない。そもそもマンドラゴラから精霊に変異した特異体だしな。だから毒の結界で俺を守り、俺が探知するのは仕方がない。そもそも宝珠の果実自体が魔力が濃い場所を探して転々と生息地を移すモノだから探しにくい。

いや、違う。それは大した問題じゃないんだ。

周囲は血の海。マーサが強いのはなんとなく知っていた。ハクはギャップがありすぎる。怖い！超怖(こえ)ぇぇぇぇ‼　なんか飛んだよ⁉　すぷらったぁぁぁ‼　モグラは肉食だった！　物理的に！

土の精霊らしく戦うよりも、モグラ獣人として物理で戦う方が得意らしい。強いのはありがたいけどグロいよおおおおお！

「ガンバッテクレ……ロザリンドノタメダ」

「集中できねーのはお前のせいでもあるからな⁉　普通の結界できないのかよ⁉　えぐいんだよ！」

触れると敵を溶かすこの結界もえっぐいし、敵がたまに来るのが超怖い！　いや、たまにしか来ないし来てもざっくりマーサが投げナイフで倒してくれるが、怖いもんは怖い！　怖すぎる‼

「スマン、デキナクハナイガ……モロイ」

「うわあああああん‼」

泣きながらもどうにかこうにか、宝珠の果実を実らせた木を見つけられた。

しかし、移動………できんのか？

ここは、マーサの実家に近いクリスティアの帰らずの森だ。最低Aランク以上の冒険者でないと入ってはいけないとされているらしい。

理由は今のこの状況。倒せば血の匂い(におい)を嗅(か)ぎつけ、次から次へと魔物が来るからだ。倒しても倒してもキリがない。

「おい！　宝珠の果実のありかはわかったぞ！」

「方角は？」

「西に約五百メートル！」

「そっかぁ。じゃあちょっと本気だすねぇ」

「そうですわね。片付けてしまいましょう」

え？　まだ本気じゃなかったの？　そっからの二人は凄(すご)かった。マーサは本当に人間なのか？

ハクは獣人の血も引いてるからわからなくもないけど、巨大な斧を軽々と振り回しまくるマーサは違和感がありすぎる。あの巨大な斧はロザリンドが作ったらしい。ロザリンドのバカ！　危険人物に凶器をやるなよ！


あっという間に魔物が殲滅されてしまった。いや、すげぇよ！　怖ぇよ‼

「しかし、困りましたわね。少し進めばまた同じように連戦となってしまいますわ」

「う～ん……倒せなくはないけどぉ、宝珠の果実の木を傷つけてしまうかもだよねぇ」

「……マカセヨ。チタ、音ト魔力ヲ遮断スル結界ヲハレルカ？」

「うん？　できるけど」

「ナラバ頼ム」

「何する気？」

「叫ブ」

もはや反射でハクとマーサをひっぱり、自分にできる最強の結界をはった。

直後、結界が震えた。

「まぁ……」

「すごいやぁ、ゴラちゃん」

死屍累々……ゴラの……マンドラゴラの能力により、宝珠の果実まで全く敵に遭遇しなかった。

皆、死んでいました。

超怖いって泣き叫ばなかった俺を誰か……いや、ロザリンド！　ロザリンドに誉めてもらう！ロザリンドにめっちゃ誉めてもらう！　俺、超怖かった！　でも超頑張った！

　しかし宝珠の果実を実らせる木が肉食で、ゴラが倒した死体から色々吸っているのを見た時には流石に叫んでしまった。採取は問題なかったけど、声を聞きつけた敵が時間差で来てしまった。

「うう……ごめん」

「いいえ、仕方ありません。むしろ、チタ様はよく頑張りました」

「そうだよぉ、どこにあるか森を探し続けなくて済んだのはチタ君のおかげだよぉ」

「ソナタハ戦イニ慣レテオラヌ。ガンバッタ」

「お前ら……ありがとう」

　とにかく、宝珠の果実は多めにゲット！　帰りにマーサ達がロザリンドへの土産だって素材回収していたのは必死で見ないふりをした。

　しばらく肉は見たくもない！

　魔力食いとは植物系、最強ランクであるSSSランクの魔物である。必要素材はその葉。それも若い葉である。魔力食いは魔力を生命の源とする精霊の天敵だが、ロザリンドのためならば戦ってみせる。しかも生息地はウルファネア北西に位置する死の森。最低でも冒険者ランクS以上でなけ

れば入れない地であるとのことだ。我は強き闇の精霊だ。問題ない。

探索に緑の、戦闘要員に我、光の、のうきんえいゆう、雑種。サポートにシーツとミルフィーユだ。

我らは快調に死の森を突き進む。しかし獣人とはこんなにも強き者だったであろうか。のうきんえいゆうはあまりにも速いし強い。永き時を生きた我もこれほど強き者は……ディルク以外で見たことがない。そういえばディルクも異様に強き者であった。

「いい加減にしてください！　クソ親父‼」

のうきんえいゆうの仲間……特に子供達を気遣わぬハイペースに雑種がキレた。しかし、ナイフまで投げなくともよいのではないだろうか。

当ののうきんえいゆうは気にしてない様子だ。

「うむ、すまん」

のうきんえいゆうに悪気はないのだろうな、多分。

「わ、私、はだいじょうぶ……です、わ」

「……………すまん」

息も絶え絶えなミルフィーユを見て、のうきんえいゆうが心から謝罪した。ミルフィーユは令嬢だから体力のなさも仕方あるまい。シーツは疲れてはいるが息切れはしていない。そこそこに鍛えているのだろう。

「光の」

『うむ。ミルフィリア、シーダ、乗るがよい』

光のが促す。ミルフィーユではなくミルフィリアだったのか……が首をかしげた。そういえば、光のの声は精霊眼がないとわからぬのだな。なんでも、獅子(しし)の姿でしゃべるとガルルとしか聞こえぬらしい。そして少年の名前はシーダだったのか。

「光のに乗るがよい。光のもそう言っておる」

「……え？　でも」

「我が抱えてもよいぞ」

「なら俺が……」

「そなたの武器は基本両手だろう。そなたも担ぐか？　我はかまわぬぞ」

シーダが盛大に顔をひきつらせた。何故(なぜ)だ？

「……闇様とシーダ君の申し出はありがたいですが、聖獣様にお願い致します」

『うむ』

ミルフィリアを乗せて光のは歩きだす。

「ミルフィリア、なんでだ」

シーダは不服そうだ。

「い、いくら私でもすすす好きな人や大人の殿方に抱っこされるのは恥ずかしいですわ！」

ミルフィリアは真っ赤(まっか)になっていた。

「すまぬ、配慮が足りなかったな。非礼を詫(わ)びよう」

「いいえ、お気遣いありがとうございます」

ミルフィリアはなかなかに礼儀正しい人間だな。

「む！　おりゃあああ！」

のうきんえいゆうが新たな敵に遭遇したようだ。

「やあ！」

光のが足となった結果、ミルフィリアは非常に優れた射手となった。のうきんえいゆうの動きを見て、無駄なく射ている。のうきんえいゆうの異常な速さと予測しにくい動きを完全に予測しているようだ。驚きのポテンシャルである。後で聞いたら、のうきんえいゆうよりディルクの方が速いし予測しにくいとのことだった。

「素晴らしいな！　主の友人！」

ミルフィリアの髪の毛をぐしゃぐしゃにするのうきんえいゆう。

「きゃあ⁉　み、ミルフィリアですわ。光栄です」

「うむ！　俺とパーティーを組むか？　お前さんなら大歓迎だぞ！」

そこで雑種がのうきんえいゆうをしばきたおした。

「いいですか⁉　こちらのミルフィリアお嬢様は公爵令嬢です！　うちのお嬢様と違ってほいほい討伐しに行ったりしないんです！　うちのお嬢様とは全く違うんですよ！」

雑種よ、うちのロザリンドをさりげなく落としてないか？　確か、ミルフィリアとロザリンドは身分的には同格だろう。

「……いいえ、お話を受けさせていただきます」

「ミルフィリア⁉」

「私には圧倒的に経験が足りませんわ。私はこの武器に相応しい人間にならねばなりません」

凛として美しい。まさに高貴な娘だと思った。清廉で高潔。ロザリンドとは違う魂の輝きだ。

「その心意気やよし！　俺が一人前の冒険者にしてやろう！」

「だから、ミルフィリア様を変な方向に成長させようとしないでくださぃぃぃ‼」

真面目な雑種の悲しい叫びがこだました。

結局シーダもミルフィリアと光のに乗ることになった。本人は渋ったが、いざというときに体力がないと話にならぬと説得した。

「……近いよ！　全員、気をつけて‼」

緑のの叫びと同時に魔力食いが現れた。巨大な樹木の姿をした魔物。巨体に似合わず俊敏で、獲物を捕らえて魔力を吸う。

雑種・のうきんえいゆうが戦うが、巨体すぎてダメージを与えにくいようだ。

我らも戦うが、近寄れない上に我らを枝や根が狙うため集中しにくい。

「ミルフィリア！」

「はい！　『覚醒接触（アウェイクキス）！』」

ミルフィリアは天啓持ちであるらしく、キスによりシーダが強化されて魔力食いに挑む。

「おりゃあああ‼」

「シャアアアアア⁉」

シーダの棒による一撃で幹が大幅に欠けた。とんでもないのは本人か、ミルフィリアの天啓か。更には周囲の樹木がシーダに加勢しだした。樹木がシーダを守り、絡み付いて魔力食いを抑え込む。

「うっわ……すご……」

緑のもひきつっている。恐ろしい子供達だ。

「は！　やあ！」

半分ほど幹を削ったろうか。まだ、魔力食いは倒れない。シーダがつけた傷口を我らも狙うが、魔力食いの勢いが衰える様子はない。

「⁉　しまっ……うわあああああ！」

ミルフィリアがかけた天啓が切れたらしい。注意が逸れた一瞬でシーダが魔力食いに囚われた。

「シーダ君⁉」

魔力食いは腹の檻にシーダを捕らえて内部から針を刺しなぶっている。

「ぐっ」

早く助けねばと思うが……そうだ！　のうきんえいゆうにミルフィリアの強化を……と提案しようとしたら、異変に気がついた。

「ふふふ……」

急激な気温の低下。肉を持たぬ精霊ですら感じる、圧倒的な冷気……いや、水の魔力が、急激に高まっている。

「ふふふふふ……」

ミルフィリアが嗤っていた。しかし、眼は怒りに満ちている。

ゆっくりと、ミルフィリアは歩む。魔力食いは強烈な魔力を欲するはずなのだが、目の前の異常な気配に固まっている。

ミルフィリアが魔力食いに触れた。

「魔力が欲しいのでしょう？　好きなだけどうぞ」

「キイイイイイ!?」

ミルフィリアの魔力を吸った魔力食いが悲鳴をあげた。

「あらあら、魔力が欲しいのでしょう？　ちゃあんと食べなくてはいけませんわ……ところで貴方、ちゃんと水も吸うのね？　良かったですわ、予想通りで」

ミルフィリアは微笑む。怖い。いまだかつて、我はこんな怖い笑顔を見たことがない。

「えぐい……」

緑のも怖いらしく、震えて我にしがみついている。うむ、我も怖いぞ！　光のは……平気そうに見えたが尻尾が股に挟まっている。いたしかたあるまい。

のうきんえいゆうと雑種も、手を取り合って怯えている。尻尾が股に挟まっている。

「うふふふふ、あはははは」

緑のによると、ミルフィリアは魔力をわざと吸わせた。そして吸わせた魔力で魔力食いの内部を凍りつかせ、ズタズタに引き裂いているとのこと。確かにえぐい！

後で聞いたのだが、ミルフィリアの武器である腕輪は本来魔力増幅器なのだそうだ。腕輪は元来魔力が高いミルフィリアの魔力をさらに高め、高度な魔力コントロールを可能とした。

「キイイイイイ！　キイイイイイ！」

もはや魔力食いになすすべはない。ミルフィリアに触れようとすれば凍る……いや、それも今はできぬ。ミルフィリアが気温を低下させたため、動くことも難しいようだ。なんとも恐ろしい娘だ。

そういえばロザリンドと同じ公爵令嬢だったな。公爵令嬢とは恐ろしい生き物なのだな！　ロザリンドも怒ると怖いものな！

ミルフィリアはシーダにしたように、魔力食いをなぶり殺しにするつもりだ。仲間も怯えて見守るしかない中、唯一状況を変えようとした者がいた。

「ミルフィリア！　やめろ！」

檻の中からシーダが叫ぶ。しかしミルフィリアは聞かなかった。

「嫌ですわ！　苦しめて、痛めつけてやるのです！」

「魔力食い、開けろ！　なんとかしてやる！　死にたくないし、殺したくないんだろ！」

魔力食いが腹部の檻を開けた。どうやらシーダは魔力食いと意思疎通がはかれるらしい。

檻から出て自由になるとミルフィリアに駆け寄り、抱きしめるシーダ。

「ミルフィリア、無理するな」

「やだ、いや……シーダ君を傷つけるなんて許せないです」

「ミルフィリア……ごめんな。俺が弱いせいで悲しませた」

「シーダ君、は……わるくない……」

ミルフィリアの瞳から涙がこぼれた。

「ミルフィリアは優しいな」

シーダは優しい手つきでミルフィリアの涙をぬぐう。

「うー、優しいのはシーダ君ですわ……」

「そうか？　落ち着いたな？」

「……はい」

「よし」

「ひあ⁉」

チュッとミルフィリアの頬にシーダはキスをした。ミルフィリアが真っ赤になる。

「あ、シーダ君！　傷を治しますわ！」

「おー、サンキュ」

シーダの傷は軽傷で薄く切り裂かれたものばかりだったため、ミルフィリアの治癒魔法ですぐに塞がった。

「さて、魔力食い。治してやるから俺達を襲うなよ。襲ったらミルフィリアがまた凍らせるからな」

「ギ、ギィキイィ‼」

「よし」

「どういうことですの？」

我にもさっぱりわからぬ。緑のはわかっているようだな。

「こいつらもウルファネアのユグドラシル停止の影響で枯れて、こいつが最後の一体なんだとさ」

シーダが言うには、ウルファネアのユグドラシルが停止したため魔力食い達も大地のマナが得られず、かといってエサを乱獲してもいずれはなくなる。それゆえ魔力食いは一体を残して種になり休眠した。マナが戻ったため一体になった魔力食いは他の種を目覚めさせようとして栄養を欲したとのこと。

「魔力より魔法の方が効くだろう」

柔らかな緑の魔法は魔力食いを癒し、魔力食いの腹の中で種子を芽吹かせた。種子は双葉の愛らしい魔物になった。

「きー」

魔力食いの幼体達は、きーきーと鳴いてシーダの周囲をくるくる回る。

「よし、こんなもんか。あ、友達を治すためにお前の葉を分けてくれ」

魔力食いは若葉をシーダの両手に大量に渡した。

「こんなにいいのか？」

「キイイイイイ！」

魔力食いが頷く。さらに魔力食いは幼体の一体をシーダに渡した。

「え？」

「わー、オメデトー。その子、シーダに仕えてくれるってー。ヤッタネー」

緑のが、棒読みで告げた。

「は⁉　待て！　置いていくな！」

シーダが慌てて叫んだが、魔力食いは森の奥へと姿を消した。残った幼体は、シーダの周囲をくるくる回っている。どう見ても懐かれているようだ。

「きー」

幼体は走るのをやめて、シーダをじっと見つめる。ふむ、不思議なものだな。魔力食いは我らの天敵なのだが、この幼体は愛らしい。そういえば、ロザリンドが赤子は可愛らしさで庇護欲をかきたて、育てさせるとかなんとか。可愛いは正義だったか？

「………どうしましょうか、シーダ君」

「………うちで育てるか。親父は喜ぶだろうな」

面倒見のよいシーダは魔力食いの幼体を見捨てられず、連れ帰ることになった。

こうして、我らは無事魔力食いの葉を大量に得た。早くロザリンドを治してやらねばならぬ。

我らは大切なロザリンドのことを話しながら帰還したのだった。

◇◇◇

とりあえず、三つのチームはそれぞれ無事に目的の品を入手したようだとハルから連絡が来た。

一番早かったのが女王ロイヤルゼリー、次に宝珠の果実、最後に魔力食いの葉だ。難易度＝早さなのかな？　女王ロイヤルゼリーチームにいたっては、他素材まで集めたらしい。

「ルー、コウ。そろそろみんな帰ってくるってよ」

「ああ、こちらも順調だよ。後は残りの素材を煮込むだけだ」

闇様に渡されたレシピはかなり面倒なシロモノだった。魔法薬学も習っていてよかった。これ、確実に研修生が習う内容じゃないよね⁉　と何度も内心ツッコミをしていたけど、役に立ったよ、アホ室長！　存在しない魔法院の天才問題指導役に内心で語りかけつつ調合を進める。

大変だった。

刻んで磨り潰して、煮出して、こして……工程が超面倒だった。僕の従者兼助手のゲータがいなかったらくじけていたに違いない。体力のないトサーケンは既に戦力外。磨り潰しすぎて手に血豆ができてしまい、血が混ざるとやり直しだからと孤児院の手伝いに行かせた。元薬師なのにどうなんだと思わないでもない。トサーケンは尻尾をふって孤児院へ行った。明日から筋トレと磨り潰し作業を延々とさせてあげようと思う。今は奉仕労働中。つまり無職だから時間はたっぷりあるしね。

僕も治癒魔法を扱えるけど、魔法薬の調合と並行してやったことはない。ここからは完全に未知の領域だ。

さて、鍋の中身はレシピ通りに忠実に製作した。初めて作る魔法薬は、はたして本当にこれでいいのかと迷うものだ。後は採取された素材を入れて煮込むだけ。

これ、本当に、本当にこれでいいのかな？

「ルーくん、とってきたよ」

「ちょっ⁉　クーリンちゃん⁉　無傷なクイーンビーの巣にそんな豪快な！」

ゲータも顔をひきつらせている。それ、そんなに高価なの？　クーリンはクイーンビーの巣とやらを綺麗に両断した。僕はそこから女王ロイヤルゼリー……翡翠のような綺麗なゼリーを大さじ五杯入れた。薬に必要な量はとれたから、他はラビーシャに採取を任せた。

「ハチミツもたっぷりだね。ロザリンドが治ったら、ハチミツをたっぷりかけたパンケーキを焼いてもらおうか。よく頑張ったね」

「ぱんけーき！」

「楽しみ！」

クーリン、アリサは嬉しそうだ。

「ラビーシャ、よだれよだれ」

「はっ⁉　兄さん、もっとオブラートに包んでよ！　レディに恥をかかすなんて！」

「レディなら、そもそもよだれをたらすんじゃねーよ」

微笑ましいようなそうでもないようなワルーゼ兄妹の漫才を聞きながら鍋をかき回す。

「コウ、火を少し弱めて。お前は大丈夫か？」

「大丈夫だよ。弱めだね」

火の精霊とドラゴンの子供であるコウのおかげで、微妙な火加減もバッチリである。

「ただ今戻りました」

マーサ達が帰還した。宝珠の果実は果汁を使用するのでゲータに果実を搾ってもらい、きっちり計量カップ一杯を鍋に入れた。

「ルー、ガンバッタゾ」

ゴラちゃんが足下に来た。撫でてやりたいところだが、あいにく鍋をかき回し続けなければならない。

「うん、お疲れ様。ゴラちゃん」

「ウム」

ゴラちゃんは満足そうに頷いた。他のメンバーは余った宝珠の果実を味見している。僕もひと口貰ったが、甘くて爽やかな味。リンゴのような歯触りだった。

「……あの木が肉食だから、つまり養分が実に……いやいや、考えない！」

チタが何やら気になることを言っていたが、全力でスルーした。世の中には知らないほうがいいことがあるのだ。

「帰ったぞ！」

「ホーム」

「すいません！　回収します！」

調合中にいてほしくないジェラルディンさんが来たので思わず帰れと言ってしまった。すかさずジャッシュが素材だけ置いて迷惑なジェラルディンさんを連れ去ってくれた。シーダ君達も僕が調合に集中できるようにと挨拶もそこそこに出て行った。気が利く友人に感謝しつつ、集中する。

絶対成功させるんだ！

「できた！」

レシピ通りに完璧に作ったが、でき映えが……僕なら絶対に飲みたくない外見だった。唯一仕上がりを知っている闇様に聞いたが、きちんとできているとのこと。

ロザリンドが飲むのを拒否したらどうしよう……不安で仕方ないが、限りなく怪しい薬をロザリンドの所に持っていく僕だった。

完成した薬は冷やしたほうが飲みやすいと闇様が言うので、水の属性が得意なミルフィリア嬢に冷やしてもらった。

「……これ、本当にロザリィに飲ませますの？」

「……大丈夫なのか？　ルーを疑っている訳じゃないが、これは……」

「…………大丈夫、僕もそう思っているから」

「「それ大丈夫じゃない⁉」」

とはいえ、みんなの気持ちが詰まった薬。大丈夫！　自分を信じろルーベルト！　レシピに忠実に、丁寧に作ったんだ！

なんか真っ黒だし泡が出まくってて気持ちが悪いけど、見た目が悪いけど大丈夫だ！　多分！　ロザリンドは飲んでくれる！

ロザリンドが寝ている客室をノックする。まだ辛(つら)いのだろう、ディルクによりかかりぼんやりとした様子だ。触れると熱があるのがわかる。ロザリンドがゆっくりと目を覚ました。

「にいさま？」

「これ、みんなが材料を採ってきてくれたんだ。魔力酔いの治療薬だよ」

瓶に入れた薬を手渡す。コップよりもインパクトはマシなはずだ。ディルクが明らかに顔をしかめた。

「……なんか黒いしシュワシュワしているけど、大丈夫なの？」

僕は目をそらした。僕もそう思う。

「闇様からレシピをもらって、忠実に作ったんだ。工程が超面倒だったけど、頑張った」

「えええ……私がディルクをもふっている間に⁉　気がつかなかった！」

「ハルや魔獣達がわからないようにしていたからね」

「だからうちの魔獣さん達が一発芸を披露するとか言い出したのね」

「……何してたの⁉」

「結構すごかったよ」

ディルクの反応からして、比較的普通の芸だったのだろうか。

「ちなみにスノータイガーの白雪君が綱渡り、カミナリトカゲの上村(かみむら)君は雷で花火みたいにしてた。

ウォータースパイダーの水月さんが水芸、クリスタルラビットの栗栖君は人参の早食い、ウィンドホークの北条君は風魔法を組み合わせたダンス。パラライズスネイクの真昼さんは連続脱皮していたけど、そこまで身体を張らなくてもよかったと思う」

「……そう」

魔獣達もロザリンドが精霊の不在に気がつかないよう必死だったようだ。魔力酔いすると精霊は側に寄れないから出かけたことにすれば……いや、不自然だね。ロザリンドの精霊はロザリンドが大好きだから、近寄れなくても理由がない限り離れたがらないだろう。

ロザリンドはしげしげと薬を見つめ、当然の確認をしてきた。

「兄様、これの材料は？」

「はい、レシピ」

確認するロザリンド。最初は平然としていたが、少しずつ顔が引きつっていく。

「ストックしていなかったヤバい素材があるんですが！　みんなは無事なの!?　これ採りに行っちゃったの!?」

材料リストを見て慌てだすロザリンド。特に魔力食いの葉は危険だものね。うっかりディルクと離れてしまい、辛そうにしている。落ち着かせるよう頭を撫でて微笑んだ。自分は危険に率先して突っこんでいくくせにね。

「安心して、みんな無事だよ。魔力酔いしてる間、精霊は近寄れないから飲んでから話を聞いたら？」

「そうなのですか？」

「魔力酔い患者が精霊に近寄りすぎると互いの魔力に感応して症状が悪化するんだよ。だからだろうね。放っておいても治るけど、治したかったんでしょ。ロザリンドが苦しむのが嫌なのもあるだろうけど」

「……みんな」

ロザリンドの瞳(ひとみ)から涙がこぼれた。

「精霊だけじゃないよ。ミルフィリア嬢、シーダ君、マーサ、ラビーシャ、ジャッシュ、ジェラルディンさんも協力したんだ。薬作製にはゲータと、多少トサーケンが貢献したよ。多少ね」

「ミルフィ⁉　え⁉　まさか魔力食い採取とか言いませんよね？　ミルフィは無事ですか⁉」

「無事だったけど……」

そういえば、魔力食い採取チームにいた気がする。伝えるべきだろうか。

「兄様⁉　沈黙が怖い‼」

「……多分、魔力食い採取チームだった」

「ミルフィィィ⁉」

ロザリンドが絶叫した。しまった、言うべきじゃなかったか。

「ロザリンド落ち着いて！　ミルフィリア嬢にはロザリンドの武器もあるんだ、怪我(けが)もしてなかったんでしょ？」

「……目立った外傷はなかったよ。さっさと飲んで、元気になって精霊達やミルフィリア嬢達から話を聞いたらいいんじゃない？」

　そして、ロザリンドは一気に薬をあおった。うちの妹、度胸あるな⁉

「甲羅⁉」

　と叫んだ。何故甲羅？　そして盛大にむせたのだった。

　薬瓶に入っていたモノは、日本で慣れ親しんだ味がした。

「コーラ⁉」

　そしてコーラはイッキ飲みしたらいけない飲み物でした。盛大にむせた私をディルクがさすってくれています。

「ロザリンド、体調は？」

「体調？」

　だるくて気持ち悪かったのが嘘みたいにスッキリしている。

「治りました！」

　治ったよアピールのポーズを決める私に、残念なモノを見る目な兄。

「…………よかったね」

「ちょっとだけ残念かな。ロザリンドを独り占めできていたから。元気になってよかったけど」

「ディルク……」

苦笑するディルク。キュンとしてしまいました。

「いちゃつくのは後でね」

兄にも苦笑されました。ちっ、読まれていたか。

「ママ治った⁉」

「おねえちゃん！」

「お姉ちゃん！」

「ロザリンドちゃん大丈夫ぅ？」

アリサ、クーリン、コウ、ハクが部屋に勢いよく入ってきました。アリサとクーリン、コウは私にひっつきます。我慢してたんだもんね？　みんなに、よしよししてあげました。ハクもそわそわしてたんで、撫でましたよ。でかいけど可愛いんだよね、うちのモグラさん。

「みんなのおかげで治ったよ。ありがとう」

身体は快調だ。しかも薬は普通に美味しかったし。心を込めてにっこり笑うと、みんな嬉しそうにしていた。

「あのね、ママ！　ほめてほめて！」

「たくさんおみやげなの！」

「頑張りましたよ………採取を」

いつの間にか来ていたラビーシャちゃんや……哀愁漂ってんだけど？　どっさりと空間拡張鞄か

ら取り出される素材。おお、ついでに採取をしてきたんだね。

「わあ、たくさ……はぁ⁉　ゴールデンマツタケに、ミラクルフルーツフラワーに……激レア素材ばっかり⁉」

「ほめてほめて！　アリサ、たーくさんみつけたの！」

「う、うん。嬉しいなぁ。アリサ、ありがとう」

「……驚異の発見率でしたよ」

これは確かにスゴい。レインボーマッシュルームとか初めて見たよ？

「……ロザリンド、これ欲しい」

兄はキノコと花を数種類、欲しがりました。

「アリサ、兄様に分けてもいいかな？」

「ママへのおみやげだからいいよ」

アリサはいい子です！

「アリサ、なんていい子なの⁉」

「きゃあ、うふふ。ほめられたの！」

私にナデナデされて、アリサはご機嫌です。

「アリサ、ありがとう」

兄と私のダブルナデナデに更に喜んでいます。

「おねえちゃん、見て！　おねえちゃんが教えてくれたやり方で蜂さん倒したよ！」

「え？」

「陸の生きものはさんそがないと……」

「ああ……」

正確には水中の生きものも同じですけどね。水球で閉じこめたらしい。雑談からまさかの発想！

「流石はお嬢様の精霊さんですよね。蜂は全滅でした。私はもうひたすらひたすら採取でしたよ！無傷なクイーンビーの針とか希少ですよ！」

なかばヤケクソなラビーシャちゃん。うん、多分このメンツだと本来の立ち位置は護衛だろうに採取メインとか……。

「ごめんよ、ラビーシャちゃん。でも私のために色々採ってきてくれてありがとう」

ラビーシャちゃんをナデナデしてやると、ご機嫌は戻ったようだ。

「ラビちゃんもスゴかったよ！　ブスブスッていちげきなの！」

うちの子はみんなしてスゴい子達でした。ちょっと顔が引きつったが、みんなにお礼をしなくては。

「ハチミツもたくさんあるし、ご褒美になにか美味しいもの作るね」

「「ハチミツたっぷりパンケーキがいい‼」」

女の子達は瞳をキラキラさせている。確かに美味しそうだ。

「わかりました。今日のおやつはパンケーキにしましょう」

やったぁ！　とキャッキャする女の子達はたいそう可愛らしい。みんなを眺めてほのぼのしていたら、金色が飛びこんできた。

「ロザリンド！　ほめて！　俺超頑張った！　スゲー怖かったァァァ‼」

「チタ？」

チタがこんなに全力で甘えるのは珍しい。

「チタ、たくさん頑張ってくれたんだね。ありがとう。えらかったよ」

優しくナデナデしてやると、へらりとチタが笑った。

「ロザリンドノタメニ、チタハトテモガンバッタ。ワレモガンバッタ」

ゴラちゃんはマンドラゴラ姿で私の膝をぺちぺちしている。

「ゴラちゃんもありがとう」

撫でるとゴラちゃんの頭に白い花が咲いた。サボテンと同じで喜ぶと咲くのかなぁ？

「ちなみに何が怖かったの？」

「マーサとハクとゴラと宝珠の果実の木！」

「ほとんどが味方じゃないか……」

一体どんな状況だったんだろうか。

「すぷらっただった！　怖かった！」

マーサの戦闘スタイルは荒っぽいし、ハクも案外戦いは男らしいし……うん、スプラッタだね！

どちらかといえば平和に生きてきたであろうチタには厳しかったよね……。

「あれ？　ゴラちゃんにスプラッタは無理じゃない？」

「叫んだ」

納得した。

マンドラゴラの叫びは、効かないとわかっていても怖いもんなぁ。死にそうな気がするのよね。なんとなく。

「納得した。あれは私も怖いわ」

「……ロザリンドにも怖いもんあるんだ？」

チタが……いや、みんなして意外そうです。私だって怖いものぐらいありますよ。オバケとかゴキとか、キレた母とか。言わないけど。

「怖いもんといえば……そういや英雄のオッサンがミルフィだっけ？　にビビってたな」

マジで何があったんだ。

ミルフィにビビる英雄を想像できない。私はミルフィを探す決意をしました。

女の子チームとチタ、ゴラちゃん、ハクにお金を渡してパンケーキのトッピングを買いに行ってもらいました。どうせなら豪華なやつを作りたい。
コウはミルフィ捜索を手伝うと、私に抱っこされています。
「あのね、お姉ちゃん。僕はお兄ちゃんをお手伝いして火加減調節したり、乾燥させたりしていたんだよ」

「コウもありがとうね」

コウをなでなでしつつディルクと並んで廊下を歩いていたら、ジェラルディンさんとジャッシュに会いました。

「お嬢様、体調はいかがですか？」

「おかげさまで回復しましたよ。ありがとう。後でお礼に山盛りのパンケーキを焼きますから、食べてくださいね」

「主が元気そうでなによりだ！」

ジェラルディンさんに髪をぐしゃぐしゃにされ、ジャッシュがそれを叱(しか)る。いつも通りだ。やはり気のせいかと思い直した。そしてちょっとしたちゃめっ気を発揮した。

「あ、ミルフィだ」

「「⁉」」

親子が素早く隠れた。なんで⁉

「あの……どうしたんですか？」

ディルクがオロオロしている。おまけによく見たら銀狼(ぎんろう)親子は尻尾(しっぽ)が股(また)の間に入っていた。え？

マジで怯(おび)えているの？

「い、いえ……」

「な、なんでもない」

「ちなみにミルフィはいません。嘘でした」

「お嬢様⁉」

「主ィィ⁉」

リアクションそっくりだね。いや、そんなビビると思っていなかったんだよ。

「……なんでそんなに怖がるんです？」

「ミルフィリア嬢は、ほぼお一人で魔力食いを倒しました。それも、かなり残虐なやり方で」

「ええ⁉」

あのミルフィが⁉　いや、何か理由があるはずだ！

「ミルフィは理由なく非道なことをする子ではないです。何か理由があるでしょう？」

「魔力食いがシーダ君を捕らえてなぶりました」

「納得した！　なら仕方ないね！　魔力食いは冷凍されても縦二等分横四等分でも仕方ないよ！いや、むしろ簡単には殺しません。死ねない苦痛だね！　血祭りですよ！」

愛しのマイダーリンに危害を加える奴がいたら、滅ぼすのは当然だよね！

「「…………………」」

親子は固まり、何かを悟った表情になった。

「主、俺達は大丈夫だ」

「はい、我々は大事なことを忘れていました！」

「「怒らせたら我らが主の方が怖い‼」」

「どーゆー意味ですかぁぁ⁉」

ジャッシュとジェラルディンさんはしばいておきました。しかも、ジェラルディンさんがミルフィとパーティーを組むとか寝言をほざいたので念入りに叱りました。ミルフィは私とは違って生粋のお嬢様……いやお姫様です。私やジェラルディンさんとは違います！　変な方向に成長したらどうすんだ！　と言っときました。

うんうんと頷くジャッシュ。苦笑したディルクが、ジェラルディンさんとロザリンドは変な方向に成長しているの？　と呟いたのは聞かなかったことにしました。

「あ、ミルフィリアちゃんの匂いがする。お姉ちゃん、あっちだよ」

「おお、コウありがとう」

ミルフィとシーダ君は屈んで何かを見ているようです。

「き？」

目が合いました。えーと……。

「この子は？」

「魔力食いの幼体だ」

小さな双葉に手足と目がついた小さな魔物。

「えーと、誘拐？」

「き！　きき！」

あ、多分なんか抗議されている。ポスポス叩かれるけど痛くない。

「そんなわけあるか！　色々あって魔力食いに押しつけられたんだよ！」

「違うよ、魔力食いがシーダの懐の深さに感動して、長をお預けしますって言ったんだよ」

「え？」

「は？」

「まあ」

「はああああああ⁉　お前！　さっきと言っていることが違うじゃないか！」

いつの間にか現れたスイをガクガク揺さぶるシーダ君。気持ちはわかる。

「あっはっは。ちなみに正確には魔力食いは『わたし達は貴方様にお仕えします。我らの代表として我らの長をお連れください』って言ったんだよ」

「ゴラァァァ‼　お前わざと若干ぼかして伝えただろ！」

「いや、面白そうだったから、つい」

シーダ君が崩れ落ちた。スイはイイ笑顔です。いたずらっ子め。

「シーダ君……うちのスイがごめんね」

「ロザリンド」

「……魔力食いのご主人様おめでとう！」

「お前もか！　悪いと思ってねーだろ！」

シーダ君にガクガクされるかと思いきや、軽くペシッとされました。紳士だ！

「散々聖女だの神子だの扱いされた私と同じ、微妙な気持ちを味わうがいい！」

「……シーダ君は慕われただけで、勇者とかの扱いではないと思いますわ」

ミルフィの的確なツッコミに、場が静まった。

「……お前も大変だな」

シーダ君に肩をポンとされました。やめて、同情した瞳で見ないで！

「あっという間に同情された⁉」

「あははははははははは」

スイが爆笑している。ディルクによしよしされました。ディルク、大好きです。甘えてスリスリすると、なんか口元をおさえて何かに耐えているようです。

「ロザリンド可愛い……」

ディルクはチョロすぎないだろうか。そして、今の何が可愛かったのかよくわかりません。ディルクのおかげで精神的ダメージから復活した私は、ミルフィに確認しました。

「魔力食いをほぼ一人で倒したって聞いたんだけど、大丈夫？　怪我はない？」

ミルフィは、はにかみつつ答えてくれた。

「はい、怪我はありませんわ。私、シーダ君を傷つけられたので怒ってしまって……ロザリィが以前話していましたでしょう？　装甲が硬くても、内部は脆いものだって。外側が強かったから、内部を破壊したって話していたのを思い出しまして、応用いたしました」

「お……おうふ」

「わざと魔力を吸わせ、魔力を転換される前に氷結魔法に変換して内部からズタズタに切り裂いたのです」

「……ロザリンドの雑談からクーリンもヒントを得ていたよね？」

「………気のせい！」

「そうですわね、ロザリィのおかげで倒せましたわ。ありがとう、ロザリィ」

「気のせい！　というかお礼は私が言わなきゃダメじゃないか！　ミルフィのおかげで助かったよ、ありがとう」

「どういたしまして。私もロザリィのおかげでシーダ君を助けられましたわ。ありがとう」

「うん！　気のせい！　……あれ？　ミルフィの腕輪、形状が変化してない？」

「え？　あら……変化していますわね」

ミルフィの腕輪は、蓮(はす)の花を中心に葉と茎が絡まるデザインだ。花の色が更に青くなり、中心部だけがピンク色のグラデーションに変わっている。小さな花の紋様も新たに浮かんでいる。

ちょっと調べさせてもらった。

「腕輪がミルフィに完全同調した結果みたいだね」

「まあ……ふふ、これからもよろしくね」

腕輪が柔らかく光った気がするのは気のせいだと思いたい。ミッルフィリアアア！　とかはきっと出てこない！　多分。

「あ！　それよりうちの脳筋英雄とパーティー組むって本当⁉」

「はい。私は強くなりたいのです。この腕輪に相応(ふさわ)しいぐらいに」

「その腕輪に相応しくなったら、世界最強の魔法使いになっちゃう気がするよ？」

ディルクも加勢したが……私の作った腕輪はそんなにすごくは……いや、スゴいのか？

アルフィージ様の最強武器に匹敵する威力だもんね。

私、ディルク、シーダ君で脳筋英雄とパーティー組むのを阻止しようと説得をかなり必死で試みましたが、ミルフィの決意は固くてダメでした。

仕方ないのでミルフィが行くときはせめて私も同行しようと思います。ミルフィに怪我なんかさせないんだから！

それじゃあ修行になりませんわとミルフィに後日叱(しか)られるのはまた別のお話です。

みんなへの感謝の気持ちを込めて、私は今ひたすらパンケーキを焼き続けています。
山盛り焼いても皆さんあっという間に食べてしまいます。見かねてジャッシュやマーサ、ディルクが混ぜるのを手伝ってくれています。もはやフライパンとか面倒なので魔法で焼いてしまっています。型にいれて、十個一気に焼く！
焼いたパンケーキはそれぞれ好みのトッピングでたべるのです。ハチミツはもちろん、イチゴ、バナナ、キウイ、モモ、ラズベリー、チョコ、生クリーム、カスタードクリーム……みんな様々な組み合わせを楽しんでいるようです。

一段落ついたので、私もパンケーキを楽しみつつ、みんなにお礼を言うことにしました。あとお礼を言ってないのは……闇様と聖獣様を発見しました。

「闇様、聖獣様、ありがとうございました」

「ひにふるにゃ」

「うむ、我らがしたくてしたことだ」

聖獣様、ハムスターみたいになっていますよ。二人とも甘味が大好きだよね。多分気にするな、かな？　闇様は私を優しくナデナデした。

「神に会った影響は魔力酔いだけではなかったようだな」

「……あー、すいません」

「かまわぬさ」

「うむ。我らは永く生きるのだ。今更数年も数十年も気にせぬ。加護を与えずとも、ロザリンドといるのは楽しい」

「……ありがとうございます」

みんなで美味しくパンケーキを食べていると、彼方さん達も来ました。

「やあ、何やら美味しそうなモノを食べているね」

「よければシュシュさんもどうぞ」

「ああ、では遠慮なく」

そしてこのパンケーキパーティーが何故開催されたかについて説明したら、シュシュさんが崩れ落ちた。

「主を救うために材料採取だなんて！　私も行きたかったぁぁ！」

「シュシュさん落ち着いて！」

「仕事あるんだから仕方ないでしょう。働け」

アンドレさんは安定のツッコミです。彼方さんはなんかボーッとしています。

「ドレミファソラシ～♪」

大きく息を吸った。

「ドォォォ！！！」

私の必殺大音量・三オクターブが炸裂(さくれつ)した。こうかはばつぐんだ。主に至近距離にいた獣人に。

しまった、彼方さんだけにかますよう、防音対策が必要だったわ。

うずくまるシュシュさん、アンドレさん、彼方さん。

「あー、ごめんなさい」

「いきなり何すんねん！」

「てへ」

「てへちゃうわ！　はぁ……ロザリンドちゃん、不躾(ぶしつけ)かもやけど、歌ってくれへんか」

「歌？」

「おお。何でもええから」

「はぁ、かまいませんが」

私はなんとなく、凛時代に彼方さんと同じハンドルネームの人が作曲した歌を歌った。

彼方さんは丸まっていた。なんでだ。

あ、起き上がった。

「ロザリンドちゃんは……いや、凛ちゃんは俺の嫁やったんかぁぁぁ‼」

嫁？　私はディルクのお嫁さんを予定して……ではなく！　私は彼方さんに抱きしめられた。頭が働かないが、凛の記憶がとある可能性を提示した。

「えええ⁉　彼方さんは本名まんまで使っていたんですか⁉」

「まさかこんなとこで会えるとはなぁ……」

「離れて」

ひやり、と冷気を感じた。ディルクが怒っています。シュシュさんが涙目です。どうしたもんか。

これ、説明が超厄介な気がするの。

「とりあえず、場所を変えようか」


というわけで、応接室に集まりました。

とても説明がややこしいのですが、凛と彼方さんは知り合いだったのです。凛はネットゲームで彼方さんと友人になり、ゲーム内で夫婦でした。この説明が難しかったです。

そして、凛は動画サイトで歌っていて、彼方さんは歌を作っていました。なので、たまにコラボしていまして、直接の面識はない友人だったわけです。余談ですが、凛のハンドルネームは『凛』

で彼方さんのハンドルネームは『遠野彼方』でした。

とりあえず、なんとか説明はしました。ネットゲームなんてこの世界にはないから、説明が非常に大変でした。

「いや、生であの奇跡の歌声が聴けるやなんて……マジで感動したわ！　しかも俺が作ったやつ！」

彼方さん、落ち着け。手は握るな。ディルク達のヤキモチが大変なことになるよ！

「とにかく！　私と彼方さんは疑似夫婦で正しい関係は友人だったわけです‼」

「本当に？」

「本当に！　私が好きなのはディルクだけ！」

「あー、向こうでもディルク様がどうのってゆうてたな」

げ！　彼方さん……それは要らない情報だ！

「カナタさん、それはゲームの『ディルク』で正確には『俺』じゃないんですよね」

いやああああああ⁉　ディルク様がお怒りじゃああああああ⁉

「そうなん？」

首をかしげた彼方さんも、シュシュさんにのしかかられて、それどころではなくなった。

「カナタ……今は……今は私が一番だよな？」

「は？　おう。シュシュが一番好きやで」

「カナタ……‼」

「ぎゃあ！　こら待て！　なんで脱がす⁉」

私もディルクに抱き上げられました。

「さっきカナタさんに抱きつかれていたから、お仕置きね」

「…………はい」

私はドナドナを脳内で歌いつつ、彼方さんも頑張れ～とエールを送りました。

第三章　もう一つのゲーム

ディルクにドナドナされて客室に連れ込まれ、押し倒されました。

「ロザリンド、言いたいことはある？」

「……お手柔らかにお願いいたします」

「……抵抗しないの？　昔のことだし、抱きしめられたのはともかくこんなの八つ当たりだよ」

両手をおさえられ、マウントを取られた状態で確認された。いや、抵抗なんて無駄じゃないかな？　勝てる気がしませんよ。そもそも抵抗する気もない。

「ディルクが泣きそうな表情するぐらいなら、好きにしていいよ。私はディルクのモノだから。まぁ……それにヤキモチ妬(や)かれるのが嬉(うれ)しいし……ディルクが好きだからいいかなーと……」

「ロザリンド……」

少し強めに抱きしめられた。まぁ、難しい話だよね。ゲーム内の嫁とか理解もしにくいしさ。

あれ？　あのゲームの名前…………。

一気に体温が下がった。ＮＰＣ、モブキャラ……なんで思い出さなかった⁉　繋(つな)がっていたんだ！　くっそ、乙女ゲームの方に後でハマっちゃったからか印象が薄かった！

「ロザリンド？」

ディルクにしがみついた。気のせいだと思いたいが、こんな偶然があるはずもない。

「ディルクは嫌だと思うけど、私は彼方さんと話さなきゃいけない。今後に関わる話をしなきゃ」

起き上がろうとしたが、肩を押されて戻された。

「まだダメ。お仕置きしてないでしょ？」

「…………おうふ」

ヤバい。これは獲物をいたぶる猫の……いや、豹の瞳だ。お仕置きって私は何をされるんですかね？　不安しかないわ。

チクッと首に痛みが走った。大したことはないけど、いわゆるキスマークってやつですかね？

「んっ⁉」

首を撫でられる。

「良かった、上手くできた。ロザリンド、首にいっぱいこれつけるから」

「……え？」

「人間は嗅覚がいまいちだからマーキングがわからないけど、これなら見えるから人間でもわかるよね？」

うん……ディルクさん、ご乱心‼　え？　さっきはションボリモードでしたよね？　切り替えスイッチはどこじゃあああああ⁉

うん、大変でした。私が大変でした。濃厚なマーキング＋キスマークで首が……噛み痕まであるんだけど。これ治すなってどんな羞恥プレイ？

　再会した彼方さんも似たような状況でした。私より噛み痕が痛そうです。

「……なんかスマン」

「いえ……悪気がないのは理解しています。人払いをしてもう一度話をしたいんです。情報のすり合わせがしたい。シュシュさん、部屋を借りますね。ディルクも同席してください」

「ディルクも？」

「はい。つがいのヤキモチ防止と、先程も言っていましたが、彼には『ゲーム』の話もしています」

「……そうか」

「カナタ、私も……」

「シュシュ、お前は俺に隠していることがあるよな？　お前、俺に黙って死ぬ気やったやろ。その罰や、仕事しとれ。この話はお前に聞かせたくない」

「カナタ？」

「……お嬢様、仕方ありません。仕事してください」

　シュシュさんが可哀相だが、これは彼方さんとシュシュさんの問題だ。泣きそうなシュシュさんを、彼方さんは見ようとしなかった。

　また応接室に来たわけですが、私はディルクのお膝です。警戒されていますね、彼方さん。念のため遮音結界を……。

あれ？　なんかバチッってした。私がドアを開けると、シュシュさんが出てきた。

「シュシュ、仕事」

「だ、だって！」

「あかん」

「うー」

「だから言ったじゃないですか」

いや説得力皆無だよ、アンドレさん。そのコップは盗み聞きする気満々でしたよね？

「シュシュさん、彼方さんと私が話すのは神と未来に関わること。必要ならば貴女にも伝えます。今は我慢してください。貴女が伝えなかったことがどれだけ酷いことだったか、今の自分の気持ちを思えばわかるでしょう。今は引いてください」

「……わかりました。主に従います」

シュシュさんは今度こそ素直に仕事に向かったようだ。遮音結界を作動させる。

「さて、早速本題です。『ルーンアースオンライン』に、シュシュさんは出ていたのですね……幽霊として」

「ああ」

「私、この世界は別のゲームなのだと思っていました」

「………は？」

「凛を喚んだロザリアは、とあるゲームの悪役令嬢でしたから」

「あ、悪役令嬢!?」

「はい。『素敵な恋しちゃお☆胸キュン☆ときめきマジカルアカデミー☆願いを叶える贈り人☆』というタイトルの乙女ゲームでヒロインに嫌がらせをしたり、命を狙って返り討ちにあったり、やたらと死ぬ悪役令嬢でした」

「……まーじーでー？」

「まーじーでーす。ちなみにディルクはモブでした。キーキャラだから、攻略対象によっては何回か通わないとクリアできないタイプの」

「マジか……マジなんやな。しかし、そのタイトルのゲーム、買うの恥ずかしくないんか？」

「ジャケ買いでしたが、後でタイトル見て後悔しました」

「……もぶ？」

　首をかしげるディルク、可愛い。いいんだよ、知らなくて。そこはどうでもいいとこだから。

「ちなみに、うちの兄が攻略対象です。あと、ジャッシュ……私の従者と、今は不在ですが従弟も。攻略対象は最後の一人を除いて、全員を確認済みです。色々やりすぎたのか、原形をとどめてない……むしろ別物になっちゃった攻略対象もいますが」

「…………何してんの!?」

「一人は黒染めしました」

「……うん」

「一人は腹黒から真っ黒になりました」

「どんだけ黒くしてんねん⁉」

「一人は俺様から真っ白……むしろ輝ける白様になりました」

「上手くまとめてきたな！　白くなったってなんやねん！　脱色⁉」

「三人暗殺者辞めちゃいました」

「待て！　それ乙女ゲームやんな⁉　恋愛楽しむゲームなのに物騒すぎやないか⁉　しかも甘栗剥いてある的な軽いノリでええの⁉」

「一人は多分親の過労死を防ぎ、虐待されたあげく娼館暮らしを回避しました」

「設定が重すぎるやろ！」

「……え？　それ、まさかジェンド⁉」

「ジェンドには内緒ね」

「……うん。ロザリンドは本当に色々とやっていたんだねぇ」

ギュッとディルクに抱きしめられた。

「そうですね、小さい頃からコツコツとやっていましたよ。なので、てっきり乙女ゲームによく似た世界なのだと思いこんでたわけです」

「いや、攻略対象がほぼ全員いたらそう思うやろ」

「『ルーンアースオンライン』はその更に後みたいなんですよね」

「……そうか」

『ルーンアースオンライン』は、何らかの原因で荒廃した世界が舞台。プレイヤーは贈り人として送り込まれる。世界を復興するもよし、気ままに旅するもよし、世界が荒廃した理由を探すもよしな自由度の高いゲームである。

そして、そこにシュシュさんとシーダ君とミルフィが出ていた。あと、多分ディルクの従兄弟(いとこ)のちみっこ双子！

確かみんな二十代後半で年齢高めだったし、特にシーダ君はやたらと荒(すさ)んでいたからわからなかった。でも、無理もないかも。ゲームのシーダ君には家族がいなかった。いなくなってしまったなら、荒みもするだろう。彼らはＮＰＣと呼ばれ、ソロでプレイするプレイヤーを補助し、パーティーメンバーの代理をするのだ。

「私は農業と酪農メインだったから、謎はノータッチだったんですよね」

「なんや、凛(りん)ちゃんはめっちゃアルパカ育てまくってたよな」

「そうでしたね。兎(うさぎ)、羊、アルパカ……夢のもふ牧場でした」

「謎なぁ……なんや、勇者と魔とかの話だったような……」

彼方さんはここに来て数年経(た)っているらしく、記憶があやふやなようだった。思い出したら話してくれると約束してくれた。これで少しは魔についてわかるかもしれない。

更に『ルーンアースオンライン』で探索した遺跡が特定できれば、新しい手がかりが見つかるかもしれない。そんなことを考えた。

とりあえず、互いに覚えてる範囲で『ルーンアースオンライン』について話し合った。『ルーンアースオンライン』の初期マップはウルファネアだったらしい。彼方さんが確認済み。さらに現在のウルファネアの地図に『ルーンアースオンライン』で遺跡としてイベントがあった部分に丸をしていく。大概が魔物の巣窟なので、彼方さんでは探索できなかったらしい。

私達なら楽々最深部まで彼方さんを守りながら行けるだろう。ついでに探索してから帰るかな？

だんだん話は雑談になっていった。ディルクもわからない単語を確認したりするうちに彼方さんへの警戒が薄れたようだ。ゲーム内夫婦がギブアンドテイクな友人関係でしかないと理解できたのもあるかもしれない。凛達の世界の話は面白いと瞳を輝かせていた。そういやだんだん融合していくにつれて凛の記憶もぼんやりしていたから、あんまり話してなかったのもあるかもね。

雑談ついでに気になっていたので彼方さんに聞いてみた。

「そういや、シュシュさんとなんでケンカしたんですか？」

「あー、ケンカではないな。自分のいたらなさに嫌気がさしとるだけや。シュシュが辛いのになんも知らんと楽しく過ごしていた自分が許せん。慰めるだけの贈り人や言われても仕方ないわ」

「……は？」

「シヴァのアホに言われたときは腹立ったけど、俺は『ルーンアースオンライン』でシュシュが今の姿のまま幽霊になっていたのをわかってた。でも口に出したら本当になりそうで……見て見ぬふりを無意識にしてたんやろなぁ。せめて畑をちゃんとして、みんなが食うに困らんようにって色々頑張ってみたけど、それも無駄やった。工夫しても次々枯れて……」

「ばか！」

話を遮って、彼方さんにデコピンしてやった。

「あた！」

「努力に無駄なことなんてあるもんですか！　チョコを完成させるなんてすごいです！　彼方さんの頑張りはみんなも認めていたじゃないですか！　それにしてもちょっと気になったんですが、なんでですか？　慰めるだけの贈り人って」

「……シュシュは世界の人柱になるはずやったから、せめてもの慰めにと俺は喚ばれたらしい」

「……へぇ」

「ロザリンドさん、とっても怖い表情ですよ？」

ディルクの尻尾がぶわっとなっている。私の怒りを察知したらしい。

「ふふふ……うん。だろうね」

私はにんまりと悪い笑顔をしてみせた。そして、瞼を閉じて相棒に語りかける。相棒も私の考えに賛成してくれた。久しぶりに切り替わる。

「……カナタさん、私が魔法をお教えします」

「……ロザリンド……いや、ロザリア？」

「ふふっ」

私(ロザリア)はディルクに微笑(ほほえ)みました。私達は融合しかかったものの、神に会った影響か、また分かれてしまったのです。しかし、リンと切り替わってすぐに気がつくとは流石(さすが)ディルクですね。

「贈り人が無力だなんてただの思いこみですよ、カナタさん。全属性と強い魔力があるんですから、いくらでも強くなれます」

「……よろしく頼む」

カナタさんは私に頭を下げたのでした。

カナタさんは優秀でした。既に天啓により魔力コントロールができていたので、ちょっとコツを教えるとすぐに初期魔法をマスターしてしまいました。恐らく贈り人はイメージすることが得意なのでしょう。あにめやまんが、小説などでもーそーりょくを培ったからイメージは得意なのだとリンも話していました。

「さて、今日ぜひマスターしていただかなければならない魔法がございます」

「おう」

「頑張ってくださいましね」

「……何を企(たくら)んでるんだかね」

ディルクが呆(あき)れたご様子ですが、それでも私達を止めない辺りが愛ですよね。

ディルクはきちんと私達の怒りを理解しているからこそ、好きにさせてくれているのです。何をやらかすかまではわかっていないみたいですけどね。流石にバレたら止められる気がしますから、言いませんけども。

　カナタさんは私が覚えるよう言った魔法と、さらに無詠唱もできるようになりました。まだ無詠唱は難しいらしく、威力はイマイチですけどね。

「……しょぼいな」

　小さな炎にしょんぼりするカナタさん。

「いいえ、この炎だって使いようですよ。小さな魔法も、例えば体内で発動させれば敵は大ダメージです」

「えっぐ⁉」

「……ロザリア……いや、ロザリンドの発想は基本斜め上だよね。まぁロザリンドはどれだけ相手と実力差があろうとも、本気で勝ちたい勝負は予想外の方法で絶対勝つからなぁ」

「うふふ」

　カナタさんはその後もいくつか魔法練習をして、初期から中級ならそこそこ扱えるようになりました。


　そろそろ休憩をさせようと思ったところで、気配を感じました。シュシュさんが隠れています。あの、素敵な尻尾が隠れていませんよ？　可愛(かわい)いですね。

「うふふ。カナタさん、あまり一気にやるのもよくありません。シュシュさんがお迎えに来ていますし、よーくお話ししてください」

「ああ」

「恐らくは互いの思いやりがすれ違っただけです。大丈夫、伝わります」

「色々、ありがとな。行くわ」

カナタさんは私の頭にポンと手を置くと、シュシュさんの所にいきました。それを目で追いながら、私の相棒に語りかけます。

『……首尾はいかが？』

『ばっちぐー！　そっちは？』

『上々ですね。とりあえず、必要な魔法はきちんとマスターしていただきましたよ』

「ええと……ロザリア？　ロザリンド？　どっちで呼んだらいい？」

ディルクが話しかけてきたので脳内会話をいったん打ち切りました。

「ロザリンドでお願いします。私達の名前ですから」

「うん、わかった」

ディルクは私の手をとり、歩き出します。他愛もない話をしながら歩くのはロザリンドが何度もしていたのですけれど、なんだか不思議な感じでした。

ゆらゆらと夢の中、久しぶりに私達は夢で顔をあわせた。

「いつも一緒にいるのに久しぶりな気がするね」

「そうですね。変な感じです」

ふふふ、とロザリアが笑う。彼女は今の姿に成長していた。

「……リンは若くなっていませんか？」

鏡を出してのぞきこむ。確かに若返っている。高校生ぐらいか？

「うん。なんでだ」

「恐らくは融合しかかったゆえであろう」

闇様がゆらり、と現れた。

「なるほど。闇様、今夜はよろしくお願いします」

「……本当にやるのか？」

「有言実行！　恩は倍にして返せ、恨みは十倍にして返せをモットーにしています！」

「わかった。我はかまわぬ。協力しよう」

「じゃ、行ってきます」

「行ってらっしゃい、気をつけてください。闇様、私の半身をよろしくお願いいたします」

「うむ。まかせよ」

闇様と手を繋ぎ、夢を渡った。

「へー、ここが彼方さんの夢か」

他人の夢に渡るのは初めてだ。彼方さんの夢は柔らかな色合いで穏やか。雲みたいなふわふわな床と青空が広がっていた。

「ふむ、カナタの意識はあちらだ。帰りたいか、用件があれば呼ぶがよい」

「ありがとう、闇様。感謝しています、本気で！」

「うむ。我もリン達といるのは楽しいぞ」

闇様はへらりと笑うと消えてしまった。

「彼方さーん」

彼方さんに駆け寄る。

「……凛ちゃん？　ロザリンドちゃん？　か。どないしたん？」

「凛でいいですよ。闇様に夢渡りの魔法で連れてきてもらいました。彼方さんの夢を借りたいんですが、いいですか？」

「あ？　かまわんけど、自分のじゃあかんの？」

「ロザリアへの影響が心配なので、やめた方がいいかなと。今日はまだ神様はいないんですか？」

「いや、多分そろそろ……」

「やあやあ、こんばんはー。珍しいお客さんだね！」

白くて軽い神様が現れた。

「彼方さん、今日教えた魔法を試しに使ってみてください。的はアレです」

「おう？」

「へ？」

「大丈夫、仮にも神様ですもの！　あ、見本いりますよね？　ていていていていてい！」

魔法で作った炎の矢をポイポイ投げまくる。

「ちょ！　あっつ⁉　危ないでしょ！　ヒトに炎の矢を投げるんじゃありません！」

「まだ余裕ですね？　ならば、ていていていていてい‼」

「増えたぁぁ⁉」

逃げまどうシヴァ、炎の矢を投げまくる私、固まる彼方さん。なんというカオスでしょうか。

「さて手本は見せましたたし、彼方さんどうぞ」

「できるかぁぁぁ⁉」

ハリセンで叩かれました。天啓で出したようです。音は派手ですが痛くはない。

「なんでなん⁉　いきなりご乱心はやめてや！　びっくりしたわ！」

「……仕打ちについてはいいんですか？」

「当ててないし、正直毎晩来るのにイラついてたからスッキリしたわ」

「君ら本当に酷いな⁉　僕神様だよ⁉　もうちょっと敬いなよ！」

シヴァが苦情を言ってきた。まぁ正論かもしれないけど、私に聞く義理はない。

「私はこの世界の住民ではないですから、聞く義理はないです。死なない代わりにロザリアを助けるという条件を果たしています。敬う必要もありません。貴方自身が私達を侮っていますしね」

「え？」

「慰めるだけの贈り人⁉　ふざけんな‼　私はロザリアを死なせたりなんかしない！　私はあの子

と生き延びてみせる！」

「‼」

「私も彼方さんと同じなんでしょう？　覆せない死の運命の苦痛を和らげるために喚ばれただけの、贈り人なんでしょう？」

「……否定はしないよ」

白い神様は苦笑した。

「私は抗って抗って、絶対絶対ロザリアと素敵なお婆ちゃんになってディルクと一緒に死にますからね！」

「……いや、本当に予想外だよねぇ。勘なのか、頭がいいのか……あの子にそっくりだよ。何一つ思い通りに動かないんだから……ふふ、ふふふ、あははは！　本当に退屈しないよ！」

「ちなみに、神様に夢の中で拷問したらどうなります？」

「ちょっと待った！　何するつもり⁉」

「一応ここ俺の夢やから、スプラッタはやめてな？」

「いや、私もスプラッタは嫌いです。苦痛を与えすぎて精神が弱ると消滅したりするかとか確認をしたくて」

「怖いんだけど！　多分拷問されても消滅はしないよ！　神の力を使いすぎたら消滅はあり得るけど……」

「わかりました」

私は頷き、彼方さんに話しかけた。

「彼方さん、昼間ロザリア……ロザリンドからこれだけは必ず覚えるようにという魔法を習いましたね？」

「あ？　おう」

こそこそと内緒話をした。私から聞いた内容に、彼方さんが心底呆れた表情をした。

「…………そんなアホなことさせるために教えたんか？　しかし、正直嫌いではない！」

「あざっす！　親分‼」

「行くでぇ、子分‼」

「ア、ア、アァニキィィ‼」

「ウィィース‼」

私達の意味不明なテンションに戸惑うシヴァ。

いやぁ懐かしいわ、このノリ。筋肉はないがマッスルポーズをかます私達。間違いなくアホである。いやいや違う。私達は、通じあっているのだ‼

私達はゲームでずっとこのノリだった。だから、恋愛感情なんて芽生えるはずもない。我々は純粋な同志である。ソウルフレンドなのである！

「え？　え？」

完全についていけないシヴァに、私達は息のあった嫌がらせを開始した。

「「カバディカバディカバディカバディカバディカバディカバディカバディカバディカバディカバ

ディカバディカバディ」」

彼方さんと私は加速の魔法を使い、高速のカバディを披露する。

彼方さんも真顔だ。やるな！　彼方さん！

そして、シヴァの前後で唱和した。息ピッタリですよ！　やたらハモりつつ、呪文のようにノンブレスでカバディをひたすら唱え続け、迫っていく。

「「カバディカバディカバディカバディカバディカバディカバディカバディ」」

「ちょ！　怖い！　意味不明な上に速い！　怖い！　真顔だから、なお怖い‼　いやあああああ！やめてぇぇぇ‼」

シヴァを囲んでしばらくカバディをしてやった。マジ泣きした辺りで許してさしあげました。

「「イエーイ‼」」

ノリノリでハイタッチする私達。

「君達本当は双子かなんかじゃないの⁉　息がピッタリすぎる‼」

「「いいえ、ソウルフレンドです」」

「仲いいな！」

「「そこは否定しない」」

「いいかげんハモるのやめて！」

「「いや、わざとじゃない」」

本当にわざとではありません。驚異のシンクロ率ですよ。そんなアホなことをしていたせいか、いつの間にか現れた奴(やつ)に気がつくのが遅れた。

「!?」

背後からいきなり襲われ、とっさに彼方さんを担いで回避した。凛(りん)なのにロザリンド並みに動ける辺りが流石(さすが)夢だねぇ。または融合しかけたから？

「スレングス!?」

私達を襲った筋肉ムキムキの大男さんは武の神様でしたか！　咄嗟(とっさ)にいつもの双剣を出して応戦するが、ジェラルディンさん並みに強い！　大剣であんな素早く動けるの、反則じゃないかな!?　そして、さらにいつの間にかセクシーダイナマイトな羨まけしからん美女とクールメガネ系イケメンも増えていました。どちら様？

「やめろ、スレングス！」

彼方さんが制止するが、スレングスさんは聞く気がないようだ。くっそ、夢なのに一撃がやたら重たい。さばくので手一杯だ。魔法を使い、距離を稼ぐ。

ちょっと考えたが勝てる気がしない。勝てる気がしないなら、汚い手だね！　相手は不意打ちしたんだから、汚い手を使ってもいいよね！

「即興必殺技！　ローリングシヴァ‼」

「え!?　うわあああああ!?」

説明しよう！　ローリングシヴァとは！　まず鞭(むち)をご用意。シヴァを鞭でぐるぐる巻きにします。そして、独楽(こま)の要領で敵にぶつける即興必殺技である！　よい子は真似(まね)しちゃいけません！

「……‼」

流石に驚いたスレングスさんは大剣を放り投げてシヴァをキャッチ。やった！　両手が塞がった上に武器も手放した！　瞬時に背後に回り、攻撃を開始した。

「唸れ！　我がゴールデンフィンガー‼　秘奥義！　ＫＵＳＵＧＵＲＩ☆地獄‼」

「……！　…………‼　あ……あは……あはははは‼　ひゃめ⁉　あはははははは‼　ひゃはははははは‼　やめれあああははははははははは‼」

「うおぉ……」

彼方さんがドン引きしています。絞り出すようなうおぉいただきました。スレングスさんは私のテクで腹筋を痙攣させ、涙と鼻水を撒き散らしてえらいこっちゃなお顔です。武人だろーが暗殺者だろーが、鍛えられない部分だからねぇ。

正攻法にこだわらなければ有効な手段ですよね、くすぐり。

「まぁ……スレングスが笑っているわ」

「うむ。明日は雨か」

謎の二人は頭が残念らしい。そしてシヴァは目を回している。物理的に回したから仕方ないね。

「ひゃめあはははははは‼　おねあはははははは‼　とめれえええええ‼」

「……スレングス、もう攻撃せぇへんな？」

スレングスさんは泣きながらコクコク頷いた。

「凛ちゃん、やめてゆうてるし、許したって？　一緒に謝るから」

「仕方ないですね。彼方さんに免じて許しますが……次はありませんよ？」

「……‼（コクコク！）」

「で、なんでいきなり攻撃をしたんや」

「………」

「あー、さよか」

「……声が小さすぎてわからなかったんですが」

「手合わせしたかったんやって。マトモに戦える相手がおらんから」

「なるほど。なら口で言え」

「……素直に言っても断られる、と思った。私はこのような見た目だ……怖かろう」

「いや？　別に？」

「「…………」」

冒険者ギルドで荒くれ者のおっさんにたまに絡まれてボコる私が怖がるはずもない。

「凛ちゃんは規格外やから……」

「どーゆー意味すか、兄さん」

「胸に手ぇ当てて考えてみなさい」

「……立派な大胸筋でした！」

スレングスさんの胸に手を当てました。

「お前ナチュラルに、仮にも神様に対してセクハラすんなや！」

彼方さんのハリセンでしばかれました。いや、立派だったから、つい。

「…………（ポッ）」

「お前も恥じらうな！　乙女か！」

スレングスさんもしばかれました。正直すまん。しかし、カッチカチでした。筋肉すごかった。

「あー、手合わせはまた今度ね」

「…………（コクコク）」

この神様は可愛いかもしれん。そして、なんか他の……白い神様と残念な美男美女が笑いすぎて痙攣しているのだが、どうしたらいいのかしら。

◇◇◇

「スレングスさん、やっぱり手合わせします？　彼方さんにも教えましょうか」

「…………（パァァ）」

「おい」

「スレングスさんはなんの武器が得意なんですか？」

「…………（差し出す）」

「さっきも思ったけど、でかいですね〜、この剣。うっわ重い⁉」

スレングスさんの大剣は持ち上がったが振るえる気がしない重さだった。

「ちょっと」

「彼方さん持ち上がります？」

「無理」

「……諦めたらそこで試合終了ですよ」

「安○せんせぇ……バスケがしたいです……とりあえず、腰がグキッてなる未来しか浮かばんからやらん。持ち上げられる凛ちゃんがおかしいやろ」

「なんですって⁉　酷いや彼方さん！」

「「話を聞け‼」」

「「やだ」」

「…………（オロオロ）」

残念な美男美女が怒鳴ったが、別に相手をしてやる義理はない。しかし、スレングスさんはいいやつだな。険悪な空気を感じてめっちゃオロオロしている。

「……スレングスさんはいい人ですね」

「おう。毎晩毎晩睡眠妨害する迷惑な神を適当なとこで捕まえてどっかに戻してくれる時もあるんやで」

「いい人だねぇ……」

撫でようとするとかがんでくれました。二メートルはありそうな巨体なのに可愛いな！　うちのモグラさん並みに可愛い！　あ、髪はふわふわだね。

「……（照れ）」

「どうしてスレングスばっかり贈り人と仲良くなるのよ！　妾とも仲良くしてよ！」

「そうだ！　スレングスばかりズルいぞ！」

「だってお前ら基本的に迷惑やから、仲良くしたくないんやもん」

「だって名乗りもしない失礼なヒト？　と仲良くしたくないんだもん」

「「………」」

私達の正論に残念な美男美女が丸まりました。メンタル弱いな、おい。

「君らは他人をいじる時、輝いてるよね……」

呆れた口調のシヴァさん。否定はしないがイラッとしたので脅しときました。

「反省が足りないみたいだから、もっかいカバディっとく？」

「大変申し訳ありませんでした」

シヴァは見事な土下座を披露しました。

「見事な土下座ですね」

「うん。救世の聖女……元勇者にも形ばかりの反省は上手いわねって誉められていたよ」

それ誉めてないよ。バカにされているよ。そう思ったが、黙っといてあげることにした。

「ところで、シヴァも含めて彼方さんの安眠妨害をしているのは……」

「こいつら」

彼方さんが疲れた表情をしていた。よし、シメといてあげましょう。この二人は確実にウザいしワガママな気配がするから、念入りに脅かしておこう。

「新技！　フォーメーションK！　カモン！　闇様（やみさま）、スイ！」

手を繋（つな）いで輪になって、ゆったり回りつつ唱和する。有名な童謡を歌いながら。

「ひ、ひいぃ⁉」

「な、なんだ⁉」

ぶっちゃけ、怪しげな儀式にしか見えないよね。日本人以外には意味不明なこの動き。スイは超楽しそうだよ。どSだからね。闇様は遊びだと思っていますね。正解です。

神様はいきなり始まった謎の儀式に怯（おび）えています。スレングスさん、超オロオロしてるわ。マジいい人だなぁ。シヴァはニヤニヤしてる。後で泣かしてやろうかしら。

「ひいぃ……」

静かに輪は回転を止めた。残念な美男美女は身を寄せあい、怯えている。

「カモン！　ゴラちゃん！」

「フゥー！」

「ぎゃあああああ⁉」

私の意図を読み取った変態（ゴラちゃん）は、例の葉っぱ姿で華麗に激しく踊りまくる。延々と謎の儀式をされたあげくの激しい変態ダンスに迷惑な神様二人はパニックを起こしている。

「彼方さん、これを」

私はペンによく似た魔具を彼方さんに渡した。

「へ？」

そして、周囲をまばゆい光が包み込んだ。

「天呼ぶ地呼ぶ人が呼ぶ！　悪（ボケ）を倒せと人が呼ぶ！　ツッコミ戦士☆カナッタマン‼　…………なんでやねん！」

彼方さん……いや、カナッタマンは真っ赤（まっか）な某戦隊モノ的な強化スーツに身を包んでノリツッコミをしていた。流石（さすが）はツッコミ戦士である。ちなみに、これは救世の聖女の黒歴史ステッキ・男性バージョンである。ランダムで魔法使い風のカッコいい衣装もあるが、九割はネタ装備（ただし強い）となっている。

「カナッタマン！　悪（ボケ）に今こそ復讐（ふくしゅう）を！」

「……‼」

私の意図を読み取ったカナッタマンはゴラちゃんと見事な変態コンビネーションダンスを披露した。素晴らしい腰のキレですよ、カナッタマン！　そしてさらに、魔法少女オッサン二体を投入！　もちろん本物ではなく私が作った幻である。イチゴパンツもリアルに再現いたしました。人生何が役に立つかわかんないモノですね。

「いやあああああ！　来ないでぇぇ‼」

「うわあああああああ⁉」

「「フゥー‼」」

怪しすぎる変態に囲まれ、神様達はガチ泣きし始めた。

「「あはははははは！」」

指をさして爆笑するスイ（どＳ）とシヴァ（他人事《ひとごと》）。

「不思議な踊りだな」

首をかしげる闇様（天然）。

「………（オロオロオロオロ）」

そして困り果てているスレングスさん（天使か）。

カオスすぎる状況である。いや、私がやらかしたんだけどね？　カナッタマンの体力が尽きて、変態コラボレーションは終了となりました。

ゴラちゃんはダンスが終わるとイイ笑顔で先に帰還しました。ゴラちゃんも変態《ストレス》が発散できてよかったね。カナッタマンはマスクを外すと超いい笑顔でした。魔法少女オッサン二体も爽《さわ》やかに消えました。

「なんやむっちゃスッキリしたわ！」

彼方さん、ストレスたまっていたんだね。清々《すがすが》しい表情です。炭酸のＣＭに出られそうなレベルの笑顔ですよ。

「う、うう……なんで妾達に嫌がらせするのよう……」

「くっ……なんという仕打ち」

「いいですか？　人間には睡眠時間が重要です。人の睡眠を妨害する奴《やつ》は、神様だろうが私に不幸にされます」

「「大変申し訳ありませんでしたぁぁ‼」」

残念な美男美女だけでなく、シヴァも参加して土下座をしました。よくわかっているじゃないか。

「……俺、凛（りん）ちゃんも来るんやったら多少寝不足でも楽しいからええわ」

「マジすか、兄さん」

「マジでマジで」

とりあえず、毎晩は迷惑なので週一ぐらいにするように約束させました。

さて、すっかり大人しくなった残念な美男美女。女性は女神ミスティアで、男性はインジェンスだそうです。この世界の神様大丈夫なのか？　いろんな意味でさぁ。

闇様とスイも帰りました。闇様は帰りに送るからちゃんと呼ぶのだぞと私を撫でていきました。闇様、私をいくつだとお思いですか？　聞きたかったが答えが怖かったのでやめました。闇様達を見送り、改めてシヴァに向き合った。

「そういえば、シヴァ」

「なぁに？」

「あのゲーム……『ルーンアースオンライン』と『素敵な恋しちゃお☆胸キュン☆ときめきマジカルアカデミー☆願いを叶（かな）える贈り人☆』ってシヴァが作ったの？」

「は？」

「うん。そーだよ」

「はああああああ⁉」

やっぱりか。シヴァは私が未来を変えていると言った。つまり、ある程度は未来を予測できるか知っているということだ。彼方さんはびっくりして叫んでいる。

いや、ちょっと考えればわかるんじゃない？　この世界はあくまでゲームに似ている……いや、この世界をモデルにゲームが作られたと考える方があり得る話だ。

「上手いシステムだよね。好きなゲームの世界に行けると言われれば行きたがる人間も一定数いるだろうし、何より基礎知識はゲームで自然に刷り込まれているから説明も少なくてすむ」

「でっしょ～⁉　僕天才だよね！」

残念な神様達がそんな手段が……しかしゲームとはなんだと首をかしげている。後でシヴァに聞いてくれ。私は面倒だから説明しない。

「しかし、何故に乙女ゲーム？」

「ん？　魔が差した」

そうなのか。確かに魔が差したとしか言いようがない攻略対象だったけど。

「作っていたゲームがＲＰＧばっかりだったからさぁ、ニュージャンルに挑戦しようとして失敗した感が否めない」

「攻略対象の人選からして失敗だと思いますよ。なんで、なんでディルク様が攻略対象じゃないんですかぁぁぁ！」

「え？　気になるところそこなんか？　そこ重要なの？」

「そこなんだ。好きだね……」

呆れた様子の彼方さんとシヴァ。

「最重要事項ですよ！　ディルク様の元に通いすぎて何回ノーマルエンドになったことか……！」

「「…………」」

とても残念なモノを見るような目で見られました。解せぬ。スレングスさんはよしよししてくれました。天使がいた。ゴツいし神だけど。

「……じゃあ、ディルクをメインヒーローにしてあのゲーム作り直す？」

「……え、ぜひお願……いや、ダメ！　ディルクは私だけのモノだから他人が口説くなんて……！」

「どっちなのさ」

ゲームでディルク様を攻略したい！　しかし、シヴァがそれを売りに出してしまったら、ディルク様が……！

「……やっぱりいいです」

「泣くほどか」

私は泣いていました。見たかった！　見たかったが、私以外といちゃつくディルク様は見たくない！　仕方ない……明日はディルクと本気でイチャイチャイチャイチャしよう！　ゲームのディルク様より、リアルのディルクだ！　あれ？　よく考えたら超贅沢(ぜいたく)ではないかしら……。

「なんか浮上したねぇ。しっかし、こんなに面白いのは最後の勇者ぐらいだよ」

ケラケラ笑うシヴァ。

「最後の勇者って？」

「ウルファネアの救世の聖女だよ。超変わった娘だったよ。ずっとお面被ってたし」

「『何故お面』」

私と彼方さんがまたしてもシンクロした。

「確か……素顔を見せたくないのと眼鏡を守るためかな？」

「……救世の聖女は私と同じ天啓を持っていたんですよね？」

「うん」

「近眼を治せばよかったのでは？」

全員その手があった！　という表情をした。気がついて！

「そういえば、救世の聖女が願ったから召喚ができなくなったと聞いたけど……」

シヴァは昔を懐かしむような表情になった。

「約束したからねぇ。勇者やる代わりに願いを三つ叶えろって言われてさ。彼女は本人の意思なしでは連れてくるなって願ったんだよ」

「『待て』」

私と彼方さんがシンクロした。

「昔は勝手に攫ってたってこと⁉」

「お巡りさぁぁん！　誘拐犯や！」

大騒ぎな私達。本人の意思ぐらいは確認しようよ！

「昔はどーじんゲームとして僕のゲームを売って、それを気に入った人をルーンアークの民に勇者として引き渡してたんだよね。大概が俺ＴＵＥＥＥＥ！　とか、ゲームの世界が現実に！　とか、異世界ヒャッフーとかって喜んだけど、彼女だけは怒っていた」

「『そりゃそーだろ』」

たまたま先人達が異世界を楽しんだだけで、救世の聖女の反応は至極まともである。

「それに、彼女だけが誰とも違う道を選んだんだよ。今の君みたいにね。悩んで考えて努力して、セオリー通りじゃない道を進んで……神でも予測できない結果を導きだした」

シヴァの笑顔は穏やかで、救世の聖女を懐かしんでいるようだった。

「ゲームの設定や、道筋は起こりえた未来なんだよね？」

「そうだよ。君が関わった者達は大なり小なりその未来を変えた。未来は今までと全く違う方向に進んでいる」

「あ！　そういえば、スイとハルも死ぬ運命だったってどういうことですか⁉」

「ああ、マグチェリアと共に命と引き換えにユグドラシルを救うんだよ。魔力が足らなくて、彼らは死んでマグチェリアも枯れる。ゲームの英雄の墓は彼らの墓だよ」

「セェエフ！　私偉い！　うちの可愛い子達が無事で良かった‼」

「そしてユグドラシルは嘆き悲しんで……世界中のユグドラシルが活動停止して世界中が食糧難に

なっちゃうわ、大海嘯（だいかいしょう）が起きちゃうわ、世界が大変なことに」

私達は固まった。先に硬直が解けた彼方さんに頭をぐちゃぐちゃにされた。

「でかした、凛ちゃん！」

「予想以上に超大変な事態だったぁぁ⁉」

「無意識で世界を救っていたんだよ。というわけで、願いを叶えるから勇者になってくれないかな？」

「だが断る」

「なんで⁉」

「厄介な気配しかしない。まだ世界の危機は残っているしね」

シヴァが苦笑した。

「そうだね。無理強いはしないよ。ただ、僕らも世界が滅んでほしいわけじゃないから気が変わったら呼んで」

「そうします」

まぁ、気が変わることはそうそうないと思うけど。

「……リン」

スレングスさんが私にひざまずいた。

「カナタと共に私の天啓を受けてはくれないか」

スレングスさんの瞳（ひとみ）は穏やかで優しい。真っ直（ます）ぐな目に弱いんでやめてほしい。

「彼方さんは仲良しだからさておき、何故私に？　ちなみになんの天啓をくれるおつもりで？」

「君に死なないでほしい。私の天啓なら、きっと君の助けになる。天啓は究極武器師(ウエポンマスター)、ありとあらゆる武器を使いこなす、常時発動型天啓だ。君のつがいとお揃(そろ)いだな」

「……お願いします。彼方さんも受けてください」

「ああ。頼むで、スレングス」

「…………（にっこり）」

スレングスさんは私と彼方さんの右手にキスをした。なにかが入り込む不思議な感覚。優しくて温かい何かを感じた。

「天啓を与えた」

スレングスさんが私達を撫(な)でた。とても嬉(うれ)しいようだ。

「君達が幸せに暮らすことを願う」

武の神様は、とても優しく微笑(ほほえ)んだ。

私はこの時気がついていなかった。なんでも作れちゃう『シヴァの寵愛(ちようあい)』持ちが、武器ならなんでも使いこなせちゃう『究極武器師(ウエポンマスター)』を持つ結果、さらにとんでもないチートとなってしまうことに。

どうしてこうなった⁉

スレングスさんの天啓を早速試すことにした。いつもの双剣をかまえ、打ち合う。

わかる……思い通りに動く。自分の動きが……まさに理想通りの動きになる。先程苦戦した大剣もうまくいなせる。力を分散させ、威力を散らし、攻めに転じる。天啓一つでここまで違うなんて……。

「……‼」

スレングスさんの一撃をヒラリとかわし、武器を替えた。

「…………⁉」

「わはははははは！」

「い、いたたたたた⁉」

「わははははははは！」

「やめんか」

「すいません」

何をしたのかというと、モデルガンを乱射しました。流石に実弾はヤバいのでモデルガンです。地味に痛かろう。いやあ、当たる当たる！　私はガンアクションとか超苦手だったんだけど、面白いぐらい当たるよ！

スレングスさんを一方的に的にしてしまったため、彼方さんにしばかれました。真剣勝負に水をさすなんて……と言いたいが、スレングスさんを虐めてるようにしか見えなかったろうし仕方ない。

「スレングスさん、ごめんね？　大丈夫？」

「……（コクリ）」

スレングスさんは私をナデナデしました。

「面白い武器だった。また手合わせしてくれ」

「ふふん、次も勝ちますよ」

「ああ」

スレングスさんは優しく笑った。他の神様も彼の温厚さと寛大さを見習ったらどうかなと思いました。モデルガンを乱射されても怒らないなんて、神か。神様だった。

「妾も天啓をあげるわよ」

「私も天啓をやろう」

「「いらない」」

残念な美女とイケメンが地に伏した。

「なんでいらないの？　貰っとけば？」

私と彼方さんは目を合わせて頷き、同時に返事をした。

「「天啓を貰うのはいいけど、ウザいからなぁ」」

「わ、妾が嫌いなの？」

「ちょっと嫌い。彼方さんに迷惑かけるから」

「じゃ、じゃあ……迷惑かけない！　だからお友達になって！」

「…………うん」

残念な女神ミスティアは、涙目になると可愛かった。出来心で目の前のたわわなブツを揉んでみた。おっきくて柔らかくて弾力があって、素晴らしかった。スレングスさんもある意味素晴らしいお胸だったが、こちらも違う意味で素晴らしかった。

「きゃあああああ⁉」

「だからナチュラルにセクハラすんな！　一応神様やから！　一応‼」

やたら一応を強調する彼方さん。確かに神様だけど、彼方さんもさっきまで塩対応でしたよね？

涙目のミスティアに謝罪した。

「すいません、素晴らしいお胸だったので羨まけしからんと思ってつい……素敵な感触でした！」

「反省しとらんやろ！」

「反省はしている！　だが後悔はしていない！」

「アホかぁ！」

「アホです！」

「言いきりよった！」

「……ぶふっ……君達、コントやめて……」

気がつけば神様達が笑っている。笑いの沸点が低すぎないか？　いや、よく見たらスレングスさんは恥じらっている。ピュアだね！

「……なんで妾の胸を触ったのよ」

「羨まけしからんお胸だったので、つい……」

そして、私は己の絶壁に視線を落とした。慌ててミスティアがフォローした。

「だ、大丈夫！　リンは若いからまだ成長の余地が！」

「……もう死んでいますし、立派な成人なのですが」

「え？」

「は？」

「……そういやあ何歳なん？」

「享年二十五です」

『えええええええ!?』

シヴァ以外の全員が驚愕（きょうがく）した。彼方さんまでか！

「あ、今はなんでか知らないけど十六ぐらいに若返っていますが、悲しいことに胸のボリュームは同じです。胸が大きくなる天啓があるなら欲しいですが……」

「……筋肉的な意味なら、できなくは……なかった」

「うん、気持ちだけいただきます」

すまなそうに真っ赤（まっか）な顔で話すスレングスさん。私が欲しいのはカッチカチの大胸筋ではない。

ボインボインでプルンプルンが欲しいのだ。

「……あるわけがないだろう！　年頃なら慎みを持て！」

インジェンスが真っ赤になって文句を言った。

「……ええと、ごめんね」

「謝らないで、悲しくなるから」

ミスティアに慰められました。意外にいいヒトかもしれない。本気ですまなそうにしている。悪気はないようだが、心が抉られるのでやめてほしい。

「そこはどうでもよくない？　ロザリンドはそこそこ育ちそうだし、ディルクに頑張って育ててもらいなよ」

「それに貧乳は正義やから。むしろ小さい方がええから」

彼方さんの性癖を知りました。いらない情報だったので早急に忘れます。

「ディルクにはすでに協力していただいています」

現在進行形です。すると、シヴァが頭をかかえた。

「冗談だったのに……ディルク可哀相……あんまり我慢させると後で色々ものすごぉぉく大変だよ？　ディルクは獣性が強いんだから、ほどほどにね？　本当によく抑えているよね……」

「はい？」

「多分君が初潮を迎えたら流石に我慢は無理だろうから、ちゃんと距離をとるんだよ？」

「え？」

「じゃないと、下手したら初潮きたら即喪失とかになるからね？」

「オブラート！」

「包んだらわからないかなと思ってさ。ディルクの忍耐力はもはや突然変異レベルだけど、普通つがいに迫られたら我慢できないからね？　一週間はベッドの住人になるからね？　同じ猫系獣人のシュシュちゃんかディルクの叔母さん達に、その辺よーく聞いときなさい。ディルクとロザリンドちゃんのためにもね」

「はーい」

しぶしぶだが従うことにした。ディルクのためなら仕方ない。

「あ、そういや気になっていたんだけど、ディルクのつがいは……」

「君達(凛とロザリア)だよ。どちらが欠けてもだめだ」

「……そっか」

そして神様達も解散となりました。ミスティアとインジェンスの天啓については、今後また説得するつもりみたいです。勇者にはならんし、チートもこれ以上はいらん。

私も闇様と帰ろうとしたら、彼方さんに声をかけられた。

「ちょお待って」

「はい？」

「……俺さ、凛ちゃんとは会ったことなかったけどマジでダチやと思ってた。でも急に連絡が取れんようになって心配した。凛ちゃんは律儀やからやめるなら必ず挨拶したやろうし、なんかに巻き込まれたのか……なんかあったんじゃないかって。その数日後に、やっと返事があった。凛ちゃん、病気で死んだって……凛ちゃんの姪やって子からメールがきた」

「……そうですか」

彼方さんは不思議な表情だった。泣いているのに笑っているような、複雑な表情だった。彼は私の死後こちらに来たのか。計算が合わないけど、救世の聖女の時も時間が合わないから、ずれちゃうのかもね。

「会ったことなかったけど、マジで泣けた。仕事も手につかないぐらい……今思うと、すげえ悲しかったんやな」

「……うん」

「だから、嬉しかったんや。形は違っても……また会えた。これぱっかりはシヴァに感謝せなあかんな」

「彼方さん……」

「君にまた会えてよかったと思うわ。これからもよろしくな」

「はい。よろしくお願いします」

「……あっけなくいなくなることもある。あの啖呵、しびれたわ。抗って抗って望む未来にするって。俺も抗うわ。シュシュとも、もっかい話し合う。後悔するのは、もう嫌やから」

「はい、きっとうまく行きますよ」

「おおきに」

最後はお互い、笑顔で別れた。彼方さんはスッキリした笑顔だった。

第四章　音と胸

闇様に送ってもらい、ロザリアに状況を報告してから眠った。ロザリアとはまだつながっている部分があるらしく、大体は彼女も理解していた。

目が覚めると、ディルクが隣で寝ていた。じーっとディルクの寝顔を観察する。ほっぺをふにふにしたいが……流石に起きてしまうだろう。

「ふみゅう……ろざりんど……」

寝ぼけて私の胸もとにスリスリするディルク。萌えが爆発しそうです。そっと頭を撫でながら、耳をフニフニする。

「ん……耳くすぐったい……」

嬉しそうなディルクを見ていて……不意に彼方さんの言葉を思い出した。凛の世界にいる、もう二度と会えない大切な人達を思い出す。

「ロザリンド……泣いてるの？」

「え？　泣いてない……」

目を覚ましたディルクがペロリと私の頬を舐めた。私は自分でも気がつかないうちに泣いていたらしい。

「どうしたの？　話して」

「……ぐちゃぐちゃしてて上手く話せないかも」

「ぐちゃぐちゃでもいいよ。聞くから、話して」

「うん……」

ディルクの胸にすり寄り、先程まで考えていたことを伝えた。

「そっか……」

ディルクは私を優しく撫でる。わかりにくいであろう私の話を聞いてくれていた。

「リンは急にこっちに来て、沢山やることがあったから、カナタさんがきっかけになって、寂しくなっちゃったのかな」

「……そうかも」

ディルクに言われて自覚した。そうか、寂しかったのか。

「今も寂しい？」

私を撫でる……私を癒してくれる最愛のつがい。

「……ん……ディルクがいるから寂しくない」

甘えてディルクにスリスリする。私、こんな甘えるタイプだったかしら。後で思い出して恥ずか死ぬかもしれない。

「ロザリンド……」

「……ディルク、なんか嬉しそうだね？」

「そりゃ、めったに甘えない最愛のつがいが素直に俺の前で寂しいって泣いて甘えてくれれば嬉しいよ。普段だと上手く隠しちゃう部分を見せてくれたのも嬉しい。しかも、俺がいるから寂しくないとか……！　なんなの？　可愛すぎる！」

「へ？」

「ふふ……可愛い……」

「ひあ⁉」

首筋を舐められて慌てる私。くすぐったい！　いやあああ！　耳はだめぇぇ！　はむはむしないで！

「ロザリンド、可愛い……」

耳もとで囁くなぁぁ！

「耳はらめ……うう……ディルクのばか！　イケメン！」

「いけめん？」

「カッコいい、イケてる男性という意味です！　あああんまりドキドキさせないで！　ディルクは普段からカッコいいけど、今はエロ！　エロイケメンです！　カッコよすぎて私が大変です！」

「……ドキドキしてるの？」

「ぎゃあ⁉」

胸もとに耳をあてるディルク。ぎゃあああああ⁉　聞くな！　ドキドキしてるったら！　確認しないでぇぇ!? 抵抗するが、ディルクに腕力でかなうはずもない。

「ふふ……本当にドキドキしてる……」

色気ぇぇ!? 妖艶……という言葉が大変お似合いですよ、マイダーリン！ もう満足したよね!?

私のささやかな胸を解放してくれ！ やめろ！ さらに聞くんじゃない！ し、仕方ない！

「……ディルクのえっち……」

「…………………へ？」

「私のおっぱいにスリスリするなんて……えっち……」

「!!」

ディルクが凄い速さで私から離れて、ベッドから落ちた。

「大丈夫？」

「いたた……!? ち、違うから！ 心臓の音を聞きたかっただけ！ ロザリンドの胸にスリスリなんて……」

「していましたよ？」

「……ご、ごめん」

よかった、とりあえずディルクは落ち着きました。私への羞恥プレイも終了ですね。レッツ仕返し！

「というわけで、ディルクにマッサージをお願いします。私の未来の巨乳のために！」

「しないから！ そして、意味がわからないから！」

真っ赤になって拒否するディルク。しかし、私は押した。

「ディルク……だめ？」

「そ、そんな可愛く言ってもダメだから！」

チッ！　ならば、さらに押すしかない！　私はディルクにすり寄り、あざとく上目遣いでおねだりした。

「ディルクぅ……お願い」

「…………………あざといのに可愛い……罠だとわかっていても抗える気がしない……可愛すぎる……勝てる気がしない」

「ディルクぅ……だめ？」

こてん、と首をかしげる。結局ディルクは私のおねだりに負けました。

「最近、ちょっと膨らんできた気がします」

「そうだね……って、やめて！　思い出させないで！」

「ディルクの好み的に私の胸はいかがですか？　色とか……」

「やめて！　思い出させないで！　俺はロザリンドだったらなんだって興奮する……じゃなくて！胸がどうこうとか気にしてないから！」

「私ならなんだって興奮するんですか？」

「よりによってそこを拾わないでぇぇ!!」

ドキドキ羞恥プレイの仕返しに、散々ディルクをいじり倒しました。

私に散々いじられてぐったりなディルクにニヤニヤしつつ、今日の予定を話しました。

「ディルク、今日は遺跡に行こうかと思います」

「うん、いいよ。俺も行く」

「ディルク、明日デートしてください」

「うん、いいよ……？　デート⁉」

そんなにびっくりすることだろうか。私だってディルクとデートしたい。

「ディルクのために可愛い恰好をして、ディルクのためにお弁当作って、ディルクを独り占めしてイチャイチャしたいという意味です」

「いや、その解説はいらないから！」

「で、お返事は？」

「喜んで！　楽しみにしてるよ」

やりました！　ディルクとデートですよ！　ゲームのディルク様を口説くより、私のディルクといたいなって思いました。明日が楽しみです。

朝食を摂りに食堂に行くと、皆さん揃っていました。ちょうどいいので、みんなに今後の確認をすることにしました。

「今日は私とディルク、彼方さんでコラカタ遺跡に行く予定です。時間が余ればオトコハツラ遺跡にも行きたいかな」

「私は今日クリスティアに帰りますわ。シーダ君のことを両親に話さなくてはなりませんし、帰るようにと通信が来てしまいましたの。ロザリィは大丈夫ですの？」

心配そうなミルフィにニッコリ笑った。

「どちらもBランクだから問題なし」

「我々も行く。安心するがいい」

ジェラルディンさんが言って、ジャッシュが頷いた。安心を超えてオーバーキルじゃないかな？

「私達も……」

「マーサとラビーシャちゃんには重大な任務があります」

マーサとラビーシャちゃんの手をとり、食堂の外で遮音結界をはってお願いしました。

「明日ディルクとデートなので、家から服とアクセサリーや小物一式見繕ってきてください！」

「「かしこまりました」」

「マーサはその後でルドルフさんに会いに行ってね？」

「お嬢様⁉」

ルドルフさんはクリスティアの騎士団長で、長年の両片想いを経てマーサと恋人になったのです。

色々あって、せっかく思いが通じたのにマーサはすぐこちらに来てしまいました。

「せっかく相思相愛になったんだから、午後からお休み。マーサさぁ、ルドルフさんが寝てる隙に来たんじゃない？」

「うっ」

「下手したら、身体だけの関係とか変な方向にルドルフさんが思いこんだら、超面倒だよね？」

「ううっ」

「ないとは？」

「…………言い切れません。むしろ変な風に勘違いして、外堀を埋めていそうな気がします」

「「…………」」

何故だろう。嫌な予感が止まらない。ルドルフさんが大暴走している未来しか見えない。盛大に顔を引きつらせつつ、頼りになる専属メイドさんにお願いした。

「……ラビーシャちゃん」

「お嬢様の御心のままに。お嬢様の準備を終え次第、マーサさんをサポートします。不要でしたら旦那様か奥様に報告してフリータイムでいいですか？」

「流石は私の専属メイドですね。頼りにしてますよ」

ナデナデすると、ラビーシャちゃんは嬉しそうにしていました。

「えへへへ、頑張りまぁす！　善は急げ！　マーサさん、行きましょう！　多分もう旦那様辺りに結婚するとか話しちゃっていますよ、きっと！」

「ええ!?　お、お嬢様、失礼いたします！　ラビーシャ、引っ張らないで！」

あんなに慌てるマーサは珍しい。マーサには悪いが、私もラビーシャちゃんが正解な気がした。

ラビーシャちゃん、マーサのことは頼んだからね！

「ただいまー」

「あれ？　マーサさん達は？」

「用事をお願いした。あと、ルドルフさんが暴走してないかの確認」

「……ああ」

ディルクが遠い目になった。ルドルフさんの片想いは、騎士団内で知らない人間がいないぐらいだったらしい。知らなかった。

ぼんやりしていたらシュシュさんが必死な様子で話しかけてきた。

「ロザリンドちゃん、カナタが行くなら私も……！」

「お嬢様、仕事」

アンドレさんがシンプルに駄目だと伝えてきた。兄と目が合うと、兄が頷いた。

「元クリスティア宰相秘書官が手伝うから、行かせてあげてもらえませんか？」

「私も手伝うから、駄目ですかね」

「……今回だけですよ」

アンドレさんはちゃんと仕事をこなせば文句はないらしく、承諾した。

先に遺跡に行き、午後はお仕事というスケジュールになりました。

やって来ました、コラカタ遺跡！　名前の通り、ストーン系やゴーレム系の魔物が多い遺跡。ドロップは宝石系なので兄は不参加。オタク仲間達と過ごすとのこと。シーダ君もストッパーとしてついていったので不在です。

現在のメンバーは私、ディルク、ジェラルディンさん、ジャッシュ、彼方さん、シュシュさん、アンドレさん。アンドレさんは一応護衛らしいです。一応を強調していました。

早速ストーンゴーレムが来ました。固いけどトロいから彼方さんでも倒せるはず！

「彼方さん、今こそ真の力を見せるときです！」

「……は？」

「魔具！」

「……おー。へんしーん」

やる気のなさそうな彼方さんは、ペン型魔具で変身しました。

「ジュアッ！」

「おお、彼方さん運がいい！　カナトラマンが出ました！」

彼方さんは銀色に輝くウルト○マン的なヒーローになりました。

「ジュアッ⁉（しゃべれない⁉）」

「しゃべれないし三分しかもちませんが、強いですよ！」

「ジュアッ⁉　ジュアッ！　……ジュアッ！（なんでそんな無駄な部分を凝るんや⁉　ツッコミ追いつかん！　まぁええわ！）」

開き直ったらしく、ストーンゴーレムを次々粉砕する彼方さん。強い。普通に強い。作った私が言うのもなんだけど、超強い。

「ふおお……」

「カッコいい……」

「すっげ……」

ジェラルディンさんとジャッシュは気に入ったみたいです。アンドレさんは威力に驚いている様子。

「ロザリンド」

「はい」

「あれはいつ渡したの？」

「昨日、凛が夢の中であげました。ついでに神様を三……いや、四人？　泣かせてきました」

「何をやらかしてるの⁉」

「まず、シヴァにカバディ」

「しょっぱなからものすごくやらかしている‼」

「しかも彼方さんとデュオ」

「カナタさんまで何をやらかしてるの⁉」

「カバディ」

「それはわかってる！」

「彼方さんは私《凛》と同じ種族《アホ》です」

「キリッとして何を言ってるの⁉」

ディルクが息切れしている間に彼方さんはストーンゴーレムを倒し終わりました。

「ジュアッ！（この魔具すごいな！）」

「そうですね。もしかしたら、新しい天啓の効果もあるのかも。お空のスレングスさんに祈っときましょうか。遺跡内部だから空見えないけど」

「ジュア……（いや、死んだみたいに言わんで。可哀相《かわいそう》やんか……）」

「……なんでさっきからロザリンドちゃんはカナタの言葉がわかるんだ？」

「あ、俺もわかります」

「俺もだ」

私、ディルク、ジェラルディンさんの共通点……。

「あ、耳飾りか」

どうやら彼方さんがしゃべれないのは状態異常カテゴリらしく、耳飾りによる無効化らしい。

その説明をしていたら、今度はジュエルゴーレムが来ました。

「ジュアッ！（よっしゃ、倒すで！）」

「彼方さん、そろそろ三分だし、アシッド光線で仕留めてください！」

「ジュアッ？（例の光線的な？）」

「ちょっと違いますが、確実に倒せます！　例の光線的なポーズをして、魔力をこめてください！」

「ジュアッ‼（くらえ、俺の中二病光線！）」

彼方さん……いや、カナトラマンの腕からビーム……ではなく強酸が出た。ジュエルゴーレムがあっという間に溶かされていく。うーん、思ったより威力があるなあ。調整したほうがいいかしら？　彼方さんもスーツも無事だから問題ないか。

「ジュアッ⁉　ヘアッ‼（こわっ⁉　なんちゅうもん使わすの‼）」

そして、アナウンスが流れた。

『ぴんぽんぱんぽ～ん♪　アシッド光線は酸性です。有毒ガスが発生する恐れがありますので、他薬剤との併用はおやめください』

「……アホかぁぁ！　アホやぁぁ！　すでにアシッド光線の時点で超危険やないかぁぁぁぁ‼」

ジュエルゴーレムを溶かし、変身が解けた彼方さんの大絶叫が遺跡内部にこだました。

「彼方さん、あまり大声出すと……」

「囲まれましたね」

ゴーレムがわらわら来ちゃいました。ジャッシュとジェラルディンさんに後ろを任せ、私とディルクが前のゴーレムを倒すことに。彼方さんが魔力切れを起こしても困るし、まだ多対一は難しいだろうから、シュシュさんとアンドレさんに彼方さんの護衛をお願いした。

「やあああああ！」

私は指輪を巨大ハンマーにかえてゴーレムをひたすら粉砕していく。

「……俺、要らないかも」

むしろ私が振り回すハンマーが危険と判断したディルクは弓で援護に回ってくれました。

あっという間にわらわらいたゴーレム達は石や宝石の塊になりました。

「「…うわぁ」」

「流石は我が主だな！」

ニッコニコのシュシュさんとは対照的に、彼方さんとアンドレさんが真っ青になってドン引きしていました。解せぬ。

◇◇◇

とりあえず彼方さんの大絶叫で呼び寄せた魔物は殲滅したからしばらくは来ないかな。のんびりディルクと雑談しながら歩きます。

「……ロザリンド、神様に対して他に何をやらかしたの？」

「いきなり背後から襲われたので、くすぐり倒して涙と鼻水まみれにしました。でも仲良くなりました」

「間を省略しないで！　全くわからないから！」

説明しました。かくかくしかじか、これこれうまうま……。

「……ロザリンドは何がしたかったの？」

「奇襲されたから、応戦しただけですが」

「なるほど」

やられたら全力でやり返します。ディルクも納得してくれた。

「後の二人は謎の儀式風日本の伝統的遊戯・かごめかごめをして泣かせました」

「なんでいちいち神様を泣かすの⁉」

「彼方さんの安眠を毎晩毎晩妨害していたそうで、こらしめてやりました。とどめはうちの変態精霊(ゴラちゃん)と彼方さんと幻覚の魔法少女オッサン二体による悪夢のスペシャルダンスショーでした。神様がパニックを起こしていました」

「カナタさんまで何してるの⁉」

「カバディの件でも言いましたが、彼方さんは凛と同類です。その場のノリでやっただけですよ。特に何も考えていません」

「……そう」

ディルクが私と彼方さんに色々諦(あきら)めたところで、また魔物が来ました。デーモンストーンですね。ドラゴンなクエストの爆発即死効果モンスターに似ているが、爆発はしない。この世界に自爆呪文(じゅもん)はありません。どうみても岩なのに石という名前の魔物である。

「彼方さーん」

「あいよ。へんしーん」

ペン型魔具から光が溢(あふ)れました。

「ひとーつ、人に迷惑かける……ふたーつ、不埒(ふらち)な悪戯三昧(いたずらざんまい)……みっつ、醜い魔物どもを成敗してくれる！　カナタロウ！　…………なんでやねん！」

お侍さんスタイルの彼方さん改めカナタロウはノリツッコミをしていた。

流石です！　素晴らしいツッコミですぜ、兄さん！

「おお……！」

「カッコいい！」

銀狼親子がめっちゃ尻尾を振っています。カッコいいですか、そうですか。

「なんで戦隊風からカナトラマンで、カナタロウ侍が来ちゃうんや⁉　年齢層がおかしいやろ！　特撮どこいった⁉　日曜ゴールデンタイムは⁉」

「カナタロウ、いいじゃないですか。お茶の間のヒーローじゃないですか、一応」

でも、日曜ゴールデンタイムが続くと女子が喜ぶ系の変身ヒロインもやらなきゃだから、ここらでジャンル変更がいいと思うんです。彼方さんを変身ヒロインにしたいとは思わないし。

「なんでチョイスした⁉」

「……魔が差しました！」

「納得した！」

納得してくれたカナタロウ侍は腰の刀でザクザクデーモンストーンを斬り捨てる。スパスパ斬れてるわ。すげー。

「……俺はいる意味があるんすかね」

アンドレさんが蜥蜴の獣人さんなのに、死んだ魚みたいな目をしていました。

「彼方さんはまだ魔力の扱いがいまいちですから、護衛は必須ですよ。配分とかわかんないでしょうし。あれは魔力による身体&武器強化ですから、そこそこ魔力を消耗します」

「……なるほど。でもお嬢様とロザリンド様達がいれば不要じゃないっすか？」

「正直ジェラルディンさんは戦力ですが護衛には全く向きません。ジャッシュはジェラルディンさんがテンション上がりすぎて迷子にならないための要員です。私とディルクも囲まれて分断されれば守りきれるかは微妙です」

「いや、ロザリンド様とディルク様なら大丈夫な気がします」

「気のせいです」

アンドレさんとそんな意味のない会話をしていたら、カナタロウ侍がデーモンストーンを倒し終えたようです。

「つまらぬものを斬ってしまった……」

めっちゃノリノリですやん、兄さん‼

「主」

「はい」

「俺も欲しいのだが」

「……あんたは魔力が低いから無理」

「……きゅ～ん」

やめろ。ガタイのでかいオッサンが、そんなあたかも段ボールに捨てられた仔犬みたいな鳴き声と瞳で……わ、私にはそんな泣き落とし、効かない……き、効かないんだから…………。

「……作ってみる」

負けました。きゅ～ん、きゅ～んと切なげに鳴く悲しい瞳のオッサンに私は完敗しました。残念なことに、こうかはばつぐんでした。

「お嬢様、すいません」

「まぁ、しかたないよ」

「……私も欲しいです」

「…………おうふ」

ジャッシュ、お前もか⁉　とツッコミたかったが、恥ずかしがりながら申し訳なさそうに言う、普段は大人しくて従順な従僕。彼の珍しいおねだりを拒否することはできなかった。いつも頑張ってくれているし、魔具ぐらいいいかと思ってしまったのだ。

「まぁ……一つでも二つでも手間は変わらないかな……」

「魔具を弁当のおかずかなんかと同列にするのはロザリンド様ぐらいだと思いますよ」

アンドレさんが呆れています。ついでなので隠れ家で休憩することになりました。

「便利やな」

「まさか遺跡内部で淹れたての茶が飲めるとはな」

待つことしばし。

「できました。こっちがジェラルディンさんで、こっちがジャッシュの分」

ジェラルディンさんのは紛失防止も兼ねて腕輪。基本は外せないタイプにしてみた。よく色々なくすし、落ち着きがないからね。ジャッシュのは小刀だ。

「おお……」

「ありがとうございます、お嬢様」

尻尾が取れるんじゃないかというぐらいに振りまくる銀狼親子。よかったね。

「ゆくぞ、ジャッシュ！」

「はい！」

彼らは輝いていた。それは新しい玩具(おもちゃ)で遊びたくてたまらない少年そのものだった。尻尾が取れるんじゃないかというぐらいふりふりしながら、彼らは隠れ家の扉を開いた。

隠れ家から出ると、ジェラルディンさんは早速変身した。

「正義の使者、ウルファネアマスク参上‼」

ウルフフェイスマスクをかぶった、素敵筋肉のスーパーヒーローみたいなピッチリスーツとマントを着たオッサンが現れた。

「うおおおお‼」

喜んでテンションが上がりまくったオッサンは、走り去った。

「え⁉　ちょっと⁉」

あっという間に走り去ったので、止める暇がなかった。スーパーハイテンションマンと化した、とても迷惑なオッサンが遺跡を勢いよく駆けていった。

「ジャッシュ、止めて！」

「かしこまりました！」

ジャッシュも魔具を使った。光が溢れる。

「影に生きるは我が運命（さだめ）……愚か者に裁きを与えん」

中二病感が満載の忍者……いやむしろＮＩＮ☆ＪＹＡだな。アメコミみたいに忍んでない……に変身したジャッシュが後を追った。しかし、私は失念していた。ジャッシュもスーパーハイテンションマンになっており、力を試したくてしかたない状態だったのだ。

オーバーキルなスーパーハイテンションマン達が解き放たれた結果は…………。


一時間後。私の前に正座させられている銀狼親子がいた。

「君達、今回は彼方さんの戦闘訓練を兼ねていたんです」

「「はい」」

「新しい武器にウキウキしちゃったのはわかります」

「「はい」」

「やりすぎじゃぁぁぁ！　バカぁぁぁ‼」

私のハリセンに吹っ飛ばされる銀狼親子であった。彼らはそのハイテンションのままに遺跡内部の魔物を殲滅してしまったのだ。私がこれだけ大絶叫しても何も出てこないよ！　遺跡内で殲滅しても時間が経(た)てば復活するそうだが、完全に戻るには数日程度待たなければならない。完全殲滅は冒険者的にもマナー違反なのだ。数日かけて移動した遺跡の魔物が殲滅されていましたとか、シャレにならない。

「やっぱり護衛(俺)は不要でしたね」

死んだ魚みたいな目をするアンドレさん。流石にこの現状では否定できなかった。

うちのスーパーハイテンション親子により魔物が殲滅された結果、素材を回収しつつ進むことになりました。なので、私はディルクと雑談しつつ歩いていました。

「そういえば、神様ってどんな感じだった？」

「んー？　シヴァは一番普通っぽくて白くて軽い」

「……せやな。身も蓋(ふた)もないけど、外見も中身もそんな感じやな」

彼方さんも同意した。ディルクは微妙そうな表情になった。

「スレングスさんは……でかくてゴツくてゴリマッチョでムキムキで……小動物系」

「待って⁉　でかいの？　小さいの⁉」

即座にツッコミを入れるディルク。彼方さんは頷(うなず)いた。

「見た目はでかいけど、中身は小動物っぽいな。優しいやつやで。人見知りするけど。初見は大概ビビられるからな……見た目で」

「そうなんだ」

「立派な大胸筋でしたよ。カッチカチでした」

「触ったの⁉」

「はい。硬かった」

「ロザリンドは神様に何をやらかしてるの⁉」

いやその……立派な大胸筋だったので、つい。さらに彼方さんが暴露した。

「……ミスティアも揉んだよな」

「はい。張り、形、揉み心地……至高のおっぱいでした」

ディルクとジャッシュが倒れました。ジェラルディンさんは興味がないらしい。アンドレさんは何かを悟った表情ですが、相変わらず目は死んでいます。シュシュさんは赤面していました。可愛いなあ。

「ロザリンドは何をしてるの⁉」

「何やらかしてるんですか⁉　お嬢様はぁぁぁ‼」

ディルクとジャッシュから強烈なツッコミをいただきました。

「ミスティアは羨まけしからんプロポーションの持ち主でした。美貌もさることながら、あのおっぱいは至高の美と言えましょう。そんな至高の美が目前にあったら……揉むしかないでしょう‼」

「「いや、揉むな‼」」

常識人三人から総ツッコミをいただきました。さすがのアンドレさんもツッコまずにはいられなかったようです。いや、揉むよ！　というか、揉んだよ！　素晴らしかったよ！　しかし、私と常識人達はその点においてはわかり合えませんでした。

「その……ミスティアは美人なのか？」

シュシュさんが恐る恐る聞いてきたので、私は肯定した。ミスティアは可愛げがあるものの残念な美人さんである。

「外見は絶世の美女ですよ。完璧なプロポーションです」

シュシュさんが自分の胸を見て、絶望したような表情になった。

「カナタの夢で、毎晩会っているんだよな？」

シュシュさんが泣きそうだ。しかし、誤解は解かねばなるまい。

「いや、シヴァとスレングスさんとインジェンスもセットだから二人きりじゃないですよ？」

「おう」

彼方さんも同意した。

「それに、彼方さんは貧乳が好きです！　シュシュさんの胸こそが、彼方さんにとって至上のおっぱいなのです！」

「おう。形、色、触り心地……シュシュのおっぱいこそ……」

「何の話をしてるんですかぁぁぁ!?」

顔を真っ赤にしたディルクが遮った。

「『おっぱい』」

「『真面目な顔でそんな話をしないでください‼』」

ディルクとジャッシュから叱られました。解せぬ。

「カナタ……！」

しかし、シュシュさんは感動したらしく彼方さんに抱きついた。彼方さんも幸せそうです。

「シュシュさん、ディルクも私の胸なら大きくても小さくても興奮すると言ってくれました。そういう性癖の方もいるのです。自信を持って」

「ロザリンドちゃん……」

「そうや、シュシュのおっぱいは世界一や！　おっぱいだけやない。世辞でもなんでもなく、世界で一番綺麗で可愛いのは俺のシュシュや！」

「カナタ……！」

見つめあう二人。そして、そっと距離をとる私達。ディルクが話しかけてきました。

「……ロザリンド、俺の話は要らなかったと思うんだ」

「そう？　説得力なかった？」

「……説得力はありましたが、恋人の性癖を暴露するのはちょっと……」

ジャッシュは顔が赤いです。別にディルクが変態だとか言ったわけじゃないから、よくないかな？　ダメ？　いいじゃん、別に。

「じゃあ、ディルクの胸の素晴らしさについて語るべきだった？　まず綺麗な……」

「『語らなくていいです‼』」

息がぴったりだね、君達。それから私は女性の恥じらいについて説かれました。いや、いいじゃないか。私にだって理想的な胸があるのだよ。

「本当にロザリンドの胸に対する執着はなんなのかな……」

「凛（りん）はぺたんこですからね……個人的にはないならないなりの美しさがあると思いますが、果たせなかった夢を果たしたいのです！　大きなおっぱいは私の夢で野望で目標です！」

「……その情熱はどこからくるんだろう……」

ディルクが遠い目になっちゃいました。

「呆れながらも協力してくれるディルクが大好きです！」

「……協力ですか？」

ジャッシュが首をかしげた。

「はい。む……」

「わーわーわー‼」

ディルクに口を塞（ふさ）がれました。何かを悟ったジャッシュは顔を赤らめて大変ですねとディルクに言った。

さらにシュシュさんに雄として大丈夫か？　生殖能力に問題でも？　と真剣に心配をされてディルクは半泣きで否定していました。

「……何回か理性を破壊したよ？　そういえば、ディルクの理性は突然変異レベルだって神様に言われました」

　助け舟のつもりな一言で、場が静まり返りました。

　ディルクは私以外の全員から、肩をポンとされていました。ディルクは涙目でした。

　遺跡の最深部付近にさしかかり、ジェラルディンさんが首をかしげた。

「俺はガキの頃からこの遺跡で遊んでいたが、この奥は行き止まりだぞ？」

「Ｂランクの遺跡で遊ぶとか、非常識ですね」

「……ジェラルディンさんもロザリンドに言われたくないと思うよ？」

「非常識なのはお嬢様の方だと思いますよ？」

「ロザリンドちゃん、現実を見てくれ」

「ロザリンド様の方が間違いなく非常識ですよ」

「あー、うん。まぁ……うん……せやな」

「味方がいない！　ディルクまで酷い！」

「……ごめんね」

　私は泣き真似までしましたが、誰も否定しませんでした。みんなして酷い！　すっかり拗ねた私は、遺跡でしゃがみこんで体育座りの姿勢になりました。

「ロザリンド」

「ふんだ！」

「に、にゃ～ん」

ふんだ！　可愛くなんか……可愛いけど！　獣化したディルクはセクシーかつ可愛いけど、そう簡単にほだされないんだから！　私は悪ノリするけど一応常識はあるんだから！　ちょっとお転婆だけど、普通の女の子なんだからね！

「にゃ、にゃぁお」

「………………」

可愛いディルクの鳴き声にも揺らがない。ちょっとモフりたいけど我慢だ！　私は固く決意した。

しかし、目の前に突如現れた超絶ぷりてぃなあんちくしょうに一瞬で陥落した。

「いやあああああ可愛い！　可愛い可愛い可愛い可愛い‼　奇跡が！　ミラクルが！　素晴らしい！　ｆａｎｔａｓｔｉｃ‼　ありえなぁぁい！」

「ロザリンド⁉　目が怖い！」

仔猫サイズの完全獣化ディルク様に、私は大興奮です。即座に抱っこして、スリスリしました。ディルクのモフ心地は世界一です！　お持ち帰りしたい！　いや、絶対連れて帰る！　一生一緒に暮らす‼　幸せにしますからね‼

「えっらいテンションやな。しかも無駄にｆａｎｔａｓｔｉｃの発音、ええし」

「さっきのジェラルディン様とは比べ物にならないぐらいのテンションだな。主の機嫌がなおってよかった」

はう……もふもふ……仔猫ディルクマジで天使。ディルクを抱っこしてスリスリしてあげます。甘噛(あまが)みして……優しく抱きしめます。

ディルクは魔力コントロールが上達した結果、完全獣化ならある程度サイズの変更ができるようになったらしい。今度は大きくなってもらって、背中に乗っけてもらおう。

べ、別に私はチョロくなんかないんだからね！　チョロいのは兄ですから！　ディルクが可愛すぎるのがいけないんですよ！

「ふみゅう……ゴロゴロ。もう、くすぐったいよ」

天使(ディルク)から猫……いや黒豹(くろひょう)パンチいただきました。肉球スタンプだなんて、ご褒美ですよ。ごちそうさまです。まいう～です。

ゴロゴロ言ってるくせに、恥ずかしがりやさんなんだからぁ！　ディルクをなで回しつつ進んでいきます。みんなが残念なものを見る目だった気がしますが、気のせいです！　ディルクが可愛すぎるから私がメロメロになるのは仕方ないのです！


ディルクを抱っこして超上機嫌な私と皆さんは遺跡の最深部にたどり着きました。

「行き止まりですね」

「見た目はな」

彼方さんはここまで迷いなく進んでいった。この遺跡はゲームと構造が完全に同じらしい。私はよくゲームでも迷子になるタイプだったので、道を覚えている彼方さんをすごいと思いました。

いや、いつの間にか同じとこを回り続けるんだよ。不思議だよね。

行き止まりで彼方さんは壁を確認し始めた。

「ロザリンドちゃん、見てみ」

「ボタン?」

彼方さんがボタンを押すと、音声が流れた。

『クイズに答えてください。童話のシンデレラ。日本語の意味は?』

「灰かぶり」

『正解。童話、赤ずきんちゃんで狼が食べたのは?』

「お祖母さんと赤ずきん」

『正解。最終問題です。ラプンツェルとは、和名の何を指す?』

「ノヂシャ」

『正解。貴方を異界の旅人と認めます。ゲートオープン』

声とともに隠し通路が現れた。

「おお……!」

ジェラルディンさんがわくわくしているらしい。尻尾がいつかちぎれないかしらというぐらいにブンブンしている。

「最後のよくわかったな」

「いや、ラプンツェルはサラダにして食べるらしいので以前どんなものか興味があって調べました。問題はランダムなんですか？」

「おう。最後が難しいやつになるな」

　確かに最終問題はやたら難易度が高かった。たまたま知っていたからよかったけど。

　さらに地下へと下りていく。通路は灯りで照らされていて暗くない。電気ではないな……微弱だが魔力を感じる。階段が終わると、ひらけた場所に出た。するといきなりスポットライトが女性を照らした。

「……萌え系アンドロイド？」

　猫耳メイド服の美少女ロボットが現れた。じっとしていると人形みたい。祖母宅の飼い猫と同じ黒地にブチ模様だ。なんとなく親近感を覚えていると、猫耳メイドロボットはにっこり微笑んだ。

「ようこそいらっしゃいました、異界の旅人様！　あたしはミーコと申します。何をお望みですか？」

「とりあえず、この施設の目的は？」

「はい、ここは異界の旅人様のための施設です」

「何ができるの？」

「情報提供が基本です」

「情報提供以外だと？」

「お答えできません。マスター登録をされた方のみが…………………………」

淡々と答えていたミーコちゃんが停止した。え？　壊れた？　私は無実です。

…………

………………

………………………

五分経過しても動きません。

「……ロザリンドちゃん、壊した？」

「いやいやいや！　さすがに無実です！　話していただけだから！」

「……むしろヒトに壊れたはないんじゃない？　でもこのヒトはアンデッド……ではなさそうだし、息していないし、匂（にお）いも生きものらしくなくて怖いんだけど」

腕のなかの天使（ディルク）が怖がっています。怖くないよ！　ディルクのためなら神様だろうが魔だろうが倒しますから！　ディルクをよしよししました。チラッと見たら、ジェラルディンさん達も毛を逆立てて警戒している。気持ち悪いんだね。

「見た目は人間に近いけど、ナビィ君やゴーレムに近いカテゴリかな」

「……なるほど」

天使（ディルク）は納得したようだ。

「……マスター登録を確認しました」

「ん？」

ミーコちゃんが再起動した。

「マスター！　歓迎いたします！　大変失礼いたしました！　さあさあさあさあ奥へどうぞ！　あたしったらお茶もお出ししないで申し訳ありません！　すぐに美味しいお茶とお菓子をご用意いたしますね！　お連れの方もどーぞ！」

「えっ⁉　ちょっと……待って……」

「さあさあさあ遠慮なさらずー☆マスターが来てくれて嬉しいですぅ！」

ミーコちゃんは超強引ぐ☆マイウェイでした。お茶の会計時に支払いをさせないおばちゃん並みの手腕でした。なんで急に態度がガラッと変わったの⁉　戸惑う私を全く気にせずミーコちゃんはグイグイきています。

「え？　この奥は入ったことないなぁ……」

「お嬢様は女性に弱いですよね」

戸惑う彼方さんとしみじみ言うジャッシュ。私は女性に弱いわけではないが……オバチャンに勝てる気がしない。地上最強の生きものはオバチャンであると信じている。

ミーコちゃんによって、遺跡のさらに奥深くへと連れていかれるのでした。

ほぼ強制的にミーコちゃんに連れていかれたのは可愛らしい応接室でした。基本はシンプルだけ

ど小物が可愛らしく、センスがいい部屋です。

「今すぐお茶とお菓子をお持ちしまーす。おかけになっておまちくださーい」

ミーコちゃんはいそいそと出ていった。隠れ家の鍵（かぎ）が点滅している。ナビィ君からの合図だ。鍵に魔力を込め、ナビィ君だけを出した。

「マスター、感謝シマス。座標確認。……ミーコノエリアト確認」

「もしかして、ナビィ君にマスター登録されていたからミーコちゃんも私をマスターとか言い出したの？」

「肯定（ポジティブ）。他エリアデモ、マスター登録ハ有効デス。タダシ、私ヨリ上位ノＡＩノ場合ハ無効ニナリマス」

「なるほど」

「マスター、お待たせしましたぁ！」

世の中には、見ただけで危険とわかる食物が存在する。ミーコちゃんが持参したモノは、正しくそれだった。

「緊急事態発生（エマージェンシー）！　危険物、排除‼」

ナビィ君の口からビームが出ました。そして、ミーコちゃんごと爆発しました。

「ナビィ君⁉」

確かにあの物体は明らかな危険物で、食物ではなかったけど、ミーコちゃんごと消し去る必要はなかったと思うの！

「ナビィ君の方が危険物やんか……」

「否定できない！　ミーコちゃんは無事⁉」

「無事でぇす！　あれ？　ナビィ、久しぶり！」

「マスター、私ハコレヲ再教育イタシマス。期限切レヲマスターニ出スナド廃棄処分相当ダ」

「うえええええ⁉」

「ま、まぁ加減してあげてね。しかし、白ブチでミーコか……ばあちゃんのデブ猫を思い出すなぁ」

まだ凛だった頃、父方の祖母はミーコという黒地にブチの猫を飼っていた。猫だが愛想がよく、外で色んな人から餌をもらうため、大変ぽっちゃりした猫だった。

猫なのに段差を越えられなくなり、さすがにダイエットさせられていた。ミーコちゃんは太っていないが、どことなくその猫に似ている。尻尾の柄かなあ。

「特殊ワードを確認」

なんか、またミーコちゃんが固まっていませんか？

「マスター、マスターハ『渡瀬凛』デスカ？」

「へ？　私の贈り人がそうだけど……」

「マスター登録ヲ移行。マチビトトシテ登録」

「へ？」

私もみんなも展開についていけていない。何？　なんなの⁇　マチビト？　町人……いや、待ち人？

「登録完了」

ナビィ君が動き出した。ミーコちゃんはまだ固まっています。

「ナビィ君？」

「凛様、コレヨリ総（スベ）テノ遺産ガ凛様ノ物ニナリマス」

「へ？」

「言葉（コトハ）様ヨリメッセージヲオ預カリシテオリマス」

『凛』

それは、懐かしい声だった。長くて美しい黒髪にセーラー服の叔母（おば）の姿が脳裏に浮かんだ……。

『詳しいことは言わないけど、シヴァが約束を守ったならあんたがこの世界に来るかもしれないからこのメッセージを遺（のこ）します。あんたがＡＩに認識されると私の作った物は全（すべ）てあんたの物になるようにしておいたから。少しでもあんたの助けになれば嬉しい。凛、幸せになって』

「こと姉ちゃん……」

渡瀬言葉（ことは）……彼女は凛の父方の叔母だ。高校生で行方不明になった。私は彼女と仲がよく、よく遊んでもらっていた。渡瀬家は再婚しており叔母は祖母と折り合いが悪く、祖母は叔母の扱いが酷（ひど）かった。昔はわからなかったが、今にして思えば、前妻の子であること姉が目ざわりだったのかもしれない。十歳年下の私は、孫・子供・病弱というカードを使い、叔母を庇（かば）っていた。

叔母は行方不明になる直前に、私に会いに来た。

「凛、私……行きたい所ができた。会いたい人……一緒にいたい人ができた」

「うん」

「……凛に、もう会えなくなる」

「……そっか。こと姉ちゃん、うちにいるの辛（つら）かったもんね。幸せになってね」

「うん……ばいばい、凛」

「またね、こと姉ちゃん」

私は当時おかしかったと思う。叔母が急に能面を一日中つけるようになっても受け入れていた。祖母が地味にビビってたから嫌がらせなのかなとは思っていた。日本でもおかしいけど、こっちだともっと異常なのでは……こと姉ちゃんに何があったんだ？

「言葉は貴方達にとって、何？」

「言葉様ハ造物主デス。勇者、救世ノ聖女トモ呼バレテイマシタ」

「へ？」

そういやナビィ君は救世の聖女の遺産でしたよね……え？　こと姉ちゃん、何やらかしてんの⁉

あんた絶対勇者とかやりたがらないでしょ⁉

世界は広いようで狭いようです。いや待て！　約束？　シヴァから聞き出そう。

「書換（リライト）完了しました。これより、真の主をお迎えしたため全システムが復旧いたします。全システム、起動開始」

私が脳みそをフル回転させていたら、ミーコちゃんが復活した。そして、地震が起きた。

「きゃあああ⁉」

「ご主人様、問題ありません。この施設が、真の姿となるだけです。システムチェック・オールグリーン。浮上を確認。ステルス起動。天空要塞（ようさい）、システム復旧完了しました」

「へ？」

「ご主人様、コントロールルームへどうぞ」

「うん？」

私は頭が働かない。ようさい？

ミーコちゃんに案内されてコントロールルームに入り、施設の説明を受けた。

「この施設は動力にユグドラシルの種を使っており、半永久的に稼働可能です。プラントエリアにてゴーレムを作製でき……」

「砲撃もできる」

「肯定（ポジティブ）。可能です」

「某映画の天空の城じゃないか！　こんな兵器貰（もら）ったって、困るんじゃぁぁ‼　何を考えてるんだ、こと姉ちゃんのあんぽんたぁぁぁん‼」

「否定（ネガティブ）。兵器ではなく移動要塞です」

「大して変わらないわぁぁ‼」

「……ロザリンドちゃん、世界征服できそうやな」

「面倒だからしない！」

彼方さんに即答すると、アンドレさんの顔がひきつっていた。

「面倒って……」

「我が主らしいな」

「うむ」

「お嬢様らしいですね」

うちの従僕さん達とは後ほど私らしさについてよーくお話ししたいと思います。

ロザリンド＝ローゼンベルクは、空中移動要塞をゲットしました。

本当にどうしてこうなった⁉

◇◇◇

とりあえず空中移動要塞をどうするかは後で考えることにして、早めのランチタイムとなりました。食堂に案内されて、みんなでお弁当です。

今日はサンドイッチです。こっちのパンは固いので、パンは自家製です。

「あ、シュシュさん、彼方さんに例のやつを」

「ああ！　カナタ！　カナタが食べたいと言っていたはんばーがーをロザリンドちゃんと作ったんだ！」

シュシュさんはバーガーセットを並べていく。欠けていたコーラも入ってますよ。

「うわ、ナニコレめっちゃ凝ってるやん！　シュシュナルド……」

ロゴを見て、彼方さんは私にアイコンタクトをしました。頷く私を見て、彼方さんは私が作ったと理解したようです。彼方さんがコーラを一口飲んだところで、声をかけました。

「彼方さん、そのコーラは一杯で別荘が建つお値段です」

「ばふぉめっと⁉」

彼方さんが口と鼻からコーラを噴き出した。そして盛大にむせた。

「げふっ、ごほっ！　そんな高価なやつ飲ませんでくれ！」

「あはは。コーラとして作ったんじゃなくて、魔力安定薬なんですよ、それ。普通の人が飲んでも影響はありません」

そんな感じでランチタイムは過ぎていきました。お腹が満たされたところで、情報の確認です。

「ここは何のための施設なの？」

「居住を目的としております。晩年、しつこい求婚やトラブル相談が来るので嫌になったご主人様が、なら誰も来られないとこに住めばいい！　とこの要塞を造られました」

「……兵器はなんのために？」

「どうせなら、ラピタだかピカタだかみたく……とかおっしゃられて後から付け足していました」

「なんでだろう。一気にリンの関係者だって納得した」

どういう意味だい、ディルクよ。でも否定できないわ。私も同じことをやりそうな気がする。

「ミーコちゃん……渡瀬言葉は幸せでしたか？」

「肯定。愛する旦那様とお子様に囲まれて、晩年は幸せだとおっしゃられていました」

「そっか」

その後要塞内部を見て回ったが、本当に居住性をとことん追求した施設でした。自給自足ができるように、畑や温室があり、家畜の飼育もされていた。余談だが、さきほどミーコちゃんが持参した物体Xは貯蔵庫が劣化していたため腐った結果だったことが発覚。ナビィ君が一瞬で消し炭にしていました。

食洗機、洗濯機、レンジ、ミキサー……便利家電（ただし動力は魔力）が多数ありました。調度品はこと姉ちゃんと旦那様の趣味らしい。そういえば、ああいうちょっと可愛い家具好きだったなとほっこりした気持ちになりました。

「……老後はここに住んでもいいかもしれない」

「……そうだね」

「ロザリンドちゃん、空へは遊びに行きにくいから、せめて地上にしてくれないか？」

「わ、私もお供します！」

「面白そうだな！」

そんなボケが流れっぱなしなゆるーい会話をする私達の背後で、常識人（彼方さんとアンドレさん）はツッコミをしていた。

「そもそも、こんなとこに住むなよ」

「せやな……住む発想が出てきちゃった辺りが普通とは程遠いよな」

私は何も聞こえませんでした。私は良識ある貴族の令嬢です。

結局オトコハッツラ遺跡は後日となりました。こと姉ちゃんは魔の復活に備えて情報や魔への対抗策を分割して世界中に遺(のこ)したのだそうです。それを私が見つけるなんて……偶然にしてはできすぎな気がします。シヴァの導きなのでしょうか。


午後は書類仕事タイムです。ディルクはバートン侯爵領の仕事もあるんで一時別行動。

「さぁ、本気を出しちゃいますよ！」

「うん、サクッと片付けようか。僕さっさと研究に戻りたいし」

「微力ながらお手伝いいたします」

私、兄、ジャッシュが本気を出しました。ちなみに書類仕事では役に立たない英雄は魔具をもって討伐(遊び)に出かけました。元気だね！


一時間後。

「……終わった……」

シュシュさんが燃え尽きた。デスクワーク苦手なんだね。

「……マジで!?　やべえ!!　なんで!?　ロザリンド様達超スゲー!!」

アンドレさんがメチャクチャ挙動不審になっています。

「私は未来の侯爵夫人(ディルクの嫁)教育を受けていますし、仕事慣れしてますから」

「僕も未来の公爵だから似たような仕事を手伝い慣れているからね」

「騎士団で経理等、雑務をしておりますから」

「最後は無理がある気が……」

ジャッシュが黒い笑みを浮かべたので、アンドレさんは黙りました。素晴らしい危機察知能力です。世の中にはつっこんだらいけないこともあるのです。


時間が余ったので、オトコハツラ遺跡にも行くことになりました。

私、シュシュさん、ディルクです。ジェラルディンさんが同行を拒否しました。珍しい。ジャッシュも多分力になれないからと来ませんでした。すごく珍しい。ディルクは耳飾りがあるから多分大丈夫と言われました。え？　何？　どういうこと？　この遺跡は女性推奨らしいが、何故(なぜ)なのか知っている男性陣全員が説明を拒否しました。なんなの？　彼方さんも危険だから連れていくなと止められたので地図を描いてもらいました。私は迷子(まいご)になるのでディルクが預かっています。


そして、理由を理解した。

「いやあああああ‼」

「らめぇ！　やめてぇ‼」

この遺跡は男性をある意味女性化させるエロダンジョンだったのです。そりゃ誰も言いたくないわ！　私だって言えないよ！　哀れな見知らぬ犠牲者(オッサン)を助けてやった。とりあえずまだダンジョン入口だったので、適当な服と回復薬・状態異常回復薬を使ってやり、別れました。

「ディルク、ディルクのお尻は私が守るからね！」

「……うん……いや、自衛するから！　俺もあんなの嫌だから！」

シュシュさんは噂程度に知っていたらしいが、いきなりえぐい現実を突きつけられてカナタを連れてこなくて良かったと言っていました。私も知っていたら連れてこなかったよ‼

しかし不思議なことに、女性は無視するこの遺跡の魔物……まさかとは思いつつ、私は叫んだ。

「待ち人・渡瀬凛が来ました！　防衛システムの停止を要請します！　私の連れを害するなら許しません！」

『システム、停止シマシタ。オ待チシテイマシタ、マスター』

「え？」

ディルクを襲う蔦の魔物や触手の魔物が一斉に動きを止めて壁に貼り付き道をあけた。この悪趣味ダンジョンも、こと姉ちゃんの黒歴史であるようです。本当に何をやらかしてんの⁉

管理ＡＩが来ました。なんというか、ナビィ君の色違いでした。こと姉ちゃん、手抜きしたなと思ったけど、黙っときました。ナビィ君はシルバーを基調とした、円筒形ボディーに大きな目と細い手足のロボだが、この子はボディーがピンク色でリボンがついている。
「ここの管理ＡＩ、ナビコと申します。ご案内いたします」

「……ナビィ君みたくカタコトじゃないんだね」

「私は役割柄人と接することが多くなりますので、そのせいかと。そちらのお連れ様は男性ですか？」

ナビコちゃんはちらりとディルクを見た。

「うん」

「危険かもしれません。何か対策が必要です」

結局仔猫(こねこ)サイズになってもらい、私の服のなかに隠れていただきました。

「無理！　無理！　こんなロザリンドの匂(にお)いが充満してて……」

「くさい？」

「いや、いい匂いだけど理性が保てないよ！　無理！」

「ディルクのえっち」

「普通だと思います！」

「なら寝とく？　魔法で寝かそうか」

ディルクはいったん耳飾りを外し、魔法で眠りました。

「奥まで行けば問題ありません。セーフティエリアに入りましたらお教えします」

何故こんなヤバイ遺跡をこと姉ちゃんが放置せざるをえなかったのかは、数分後にわかりました。

「苦労したのねぇ」

「辛かったでしょう」

「男なんてクズよね」

「もげればいいのに」

とりあえず、最後はなにがもげろなのか気になるけどつっこみません。皆さん怖い。

ナビコちゃんは居住区の奥に管理エリアがあると話した。そして、私達は人懐っこいが男性を目の敵にするおばちゃん・お姉さんズに囲まれています。

オトコハツラ遺跡は、男性に酷(ひど)い扱いをされた女性達のシェルターなのだそうです。もとは違う用途だったとのこと。女性達はウルファネアならではなのかは知らないけど性的に酷い扱いを受けた人が多く、男も性的に酷い扱いを受けるべきだ！　と考えているらしい。ディルクを寝かしといて正解でした。

ディルクのお尻は私が守るからね‼　ディルクのお尻は私のものです‼

「この方達は大切なお客様です。私のマスターに非礼は許しません。道をあけなさい」

ナビコちゃんは口から銃を出した。危険を察知した女性達は素早く道をあけ、私達は管理エリアに無事入れました。

ディルクを起こしてあげたのですが、ディルクがなにやらぶつぶつ言ってます。

「白地(しらじ)に青レース……ぴんくの……あああ……忘れたいような、忘れたくないような……」

なにやら葛藤(かっとう)があるらしい。白地に青レースは多分下着だが、ぴんくは……か、考えない。見られたのかもしれない。

なんとか落ち着いたディルクの横でナビコちゃんの用意したお茶をすすりつつ、この施設について確認した。

「ここは女性専用シェルターなのかな？」

「肯定(ポジティブ)。本来は言葉(ことは)様が旦那様とケンカをした際の避難用でした。旦那様はお尻にトラウマ……」

「ストップ！　それはプライバシーの侵害‼　話したらダメ‼」

必死で止めた私に、ナビコちゃんは言い方をマイルドにしてくれました。オブラート大事！　しかし、こと姉ちゃんの旦那様に何があったんだろう……。

「……いかなる罠(わな)にも怯(ひる)まない旦那様が、唯一怯むのがここでした」

「……ここに怯まない男はそうそういないよね」

「……うん」

「……そうだね……女性でもある意味怯むな……」

全員が微妙な反応となりました。あのジェラルディンさんも怯んだからね！　来なかったからね！　シュシュさんは入口の惨事を思い出したのか真っ赤(まか)です。

「言葉様はこの施設を閉鎖しようとなさいましたが、おばちゃんに勝てなかったと申しておりました。また、女性達のためには必要と説得され、現在も稼働しております」

「そう……」

かなりの数の女性達が住んじゃっているし、正直私も停止させたいがあのおばちゃん達に勝てる気がしなかった。

「あ、この施設に渡瀬言葉が封じたモノはある？」

「肯定（ポジティブ）。お持ちします」

ナビコちゃんが持ってきたのは、紙束だった。

「模様か？」

魔法に知識がないとそうなるよね。シュシュさんは不思議そうだ。

「……これは貰（もら）ってもいい？」

「肯定（ポジティブ）。この施設の全（すべ）てはマスターの所有物です」

封印の術式、ゲットしました。色々と酷い目にあいましたが、そのかいあってとても重要な物の入手に成功しました。


さて、帰りも同じくディルクは私の服のなかで寝ていたのですが、事件が起きました。

「ひあ⁉」

「……ロザリンドちゃん？」

うおお……ディルクは寝ぼけてるの⁉　な、舐（な）められてる‼　多分舐められてる！　下着により守られている部分をペロペロ……ぎゃあああ！　吸うな！　ミルクは出ないから！

「だ、大丈夫か⁉」

うずくまる私に心配してくれるシュシュさん。しかし、言えないよ……ディルクが中で、ちゅーちゅーしてるとか、言えないよ！

「シュシュさん、私をかついで遺跡の外にでて……ください……ひうっ」

「わかった！」

シュシュさんは迅速に行動してくれました。私をお姫様抱っこして、素早く遺跡を駆け抜けた。

道順も覚えていたらしく、気がつけば外だった。

ディルクは現在も甘噛み（あまがみ）していています。魔法で起こせる気がしない！　脱ぐわけにもいかない……。

結局自力でどうにかできず、シュシュさんに協力してもらってなんとかディルクを服のなかから出して起こしました。

「……ロザリンド？」

「なに？」

「……俺ロザリンドになんかしたの？」

「…………………ディルクは悪くないです」

そう。ディルクは悪くない。寝ぼけていただけなのだから。

「その間は何⁉　したの⁉　何したの⁉　寝てる間⁉」

恥ずかしくて言いたくない私。シュシュさんがディルクの肩にポン、とした。

「聞いたら後悔するぞ？」

「……え？」

「寝ぼけてロザリンドちゃんの胸をなめ回したあげく、吸っていた。右が赤く……」

「すいませんでした‼」

ディルクに土下座されました。シュシュさんもそんな詳しく話さなくてよかったと思うの。しかし、シュシュさんがいてよかった。私だけではヤバかった。

何はともあれ、オトコハツラ遺跡は恐ろしい場所でした。もう行かない！

そして、教えてくれなかった男性陣に説教をするのでした。

第五章　未来の約束

　ディルクと地味にギクシャクしつつ、もう一つの用件を済ますことにしました。シュシュさんが彼方さんと離れた今がチャンスです。ちょっと気になることがあったんですよね。

「シュシュさん、帰還前にやりたいことがあるんです」

「うん？　ロザリンドちゃんのお願いならば、なんなりと」

「……お節介は重々承知でお願いします。シュシュさんのお父様に会わせてください」

「……父に？　私はかまわないよ」

　シュシュさんは穏やかに微笑(ほほえ)んだ。シュシュさんよ、なんで私がシュシュさんパパに会いたいのかわかってないな？　まぁいいけど。

「ロザリンド」

　逆にディルクは私の意図を悟って咎(とが)める口調だ。

「私は私です。私は私のしたいようにします」

「……わかった。俺は見守る。一緒に怒られようか」

「……ディルク大好き！　右側の件はこれでチャラです！」

「みぎ？　…………!!　あ、ありがとうございます……」

不思議そうなシュシュさんに連れられて、シュシュさんの別邸に案内されました。お父様は病気療養中だからシュシュさんが公爵として働いているそうです。

「父上、おかげんはいかがですか？」

「ふん、シュシュか。結婚なら認めぬぞ」

「……今日は違いますよ。来客です。我が主が父上に挨拶したい、とおっしゃいまして。どうです、可愛い主でしょう」

シュシュさんは自慢げです。ま、まぁいいけどね。

「はじめまして。ロザリンド＝ローゼンベルクです」

「ディルク＝バートンです」

「病気なので寝たままで失礼する。オスカル＝ヴォイドだ」

「オスカルさまぁぁぁぁ!?」

「……？」

ここに来てまさかのオスカル様に動揺した私。皆さんどうした？　と言いたげです。

「す、すいません。ちょっと……いや、全く同じ名前の金髪美女がおりまして動揺しました」

「「…………」」

微妙そうな表情をする三人。

「まぁ、それは驚くだろうな。おっさんですまない」

いや、別にシュシュさんのお父様は悪くないです。案外お茶目なのか、苦笑してウインクしてくれました。イケおじ……！　やばい！　カッコいい！　金髪は好みじゃないけど、ウインクが様になるおじさまを初めて見た！　さすが、シュシュさんのお父様だけあって、シュシュさんに似ている。中性的イケメンです！

「さて、本題は何かな？　薔薇の姫君よ」

あ、冷めた。みんなして人に好き勝手中二感満載な称号をつけすぎだと思うの！

「単刀直入に言います。シュシュさんの結婚相手にレオールさん……他の金獅子族以外を認めないおつもりですね？」

「……ならばどうだと？」

「私は貴殿方を人身御供にするつもりがありません。同じく魔豹族にも生贄を禁じました」

そう。ゲームの内容では、オスカルさんをはじめウルファネアの特殊な血族達が犠牲になっていた。ウルファネア第二王子にして王太子のジューダス様の身に巣食う魔を抑えるために、そのためだけに……オスカルさんが、シュシュさんが、ディルクのおじいさまが……この世界のために人柱になっていた。そして、ジューダス様はさらに嘆き、さらに魔は力を増す。完全な負のスパイラルである。

だが、それはもう起きない未来だ。あんな悲劇はもう起こらない。私が食い止めてみせる！

決意を込めて、オスカルさんをただ真っ直ぐに見つめる。

「……は？」

「魔の力を削ぐ別の方法を見つけました。未来永劫、生贄なんて胸糞悪い犠牲を不要にしてみせます。だから、お願いします。シュシュさんの幸せを、結婚を祝福してください」

「……それは本当か？」

「はい。王家に問い合わせてくれてもいいですよ。この話は極秘でしたからね。もしかしたらシュシュさんが伝えていないのではないかと思ったのです。どうか、信じてください」

「………そうか」

シュシュさんのお父様は静かに涙を流した。つがいだとわかっているのに結婚を認めなかったのは、純粋な金獅子族を絶やさないため。ウルファネアのため。本当ならシュシュさんの結婚を認めてやりたかっただろうが、一族の使命を考えたらできなかったのだろう。

だから彼方(かなた)さんがいくら努力しようが、根本的な部分を解決しない限り無理なのでは？　と思ったわけだ。彼方さんには怒られよう。でも、後悔はしてない。シュシュさんが幸せになる方が大事だもん。

ちなみに余談だがつがいを認識した獣人はつがい以外に発情しないが、例外はある。特殊な媚薬(びやく)を使用すれば子作りは可能らしい。

「父上……」

「シュシュリーナ……お前達の結婚を認めよう。幸せにおなり」

「はい！　父上、ありがとう！」

ぎゅうっとお父様を抱きしめるシュシュさん。満面の笑みですね。

「こら、子供じゃないのだからやめないか」

と言いつつ、嬉しそうなシュシュさんのお父様。ディルクと目くばせして、そっと退室した。

「ロザリンド、嬉しそうだね」

「うん。うまくいってよかった」

「俺、ロザリンドのそういうところがすごく好き」

「そ？　ど？」

そういうところ？　どーゆーところですか？　急にサラッと言わないでよ！　このイケメン！　私だって大好きだよ！　混乱してしまい、まともにしゃべれない私。

「照れ屋なとこも可愛い」

いやああああ!?　ほっぺにチューされた！　ごちそうさまです！　大変美味です！

「そ、そゆとこって……」

「うん？　当たり前に誰かの幸せを喜べるところと、誰かのために自分の損得勘定抜きで動けるとこ」

「た、多少は損得、計算してますよ」

「あくまでも多少は、ね」

クスリと柔らかに微笑むディルク。い、イケメンめ！

「ディルクだってそういうところがあるよ！　ディルクの優しいところ、大好き！」

「あ……う……ありがとう」

照れたらしく、口元に手をやって視線をそらす。ディルク様もよくやっていた癖だ。可愛すぎて萌える。

「照れ屋なとこも可愛い」

「……仕返し？」

「いや、本心。私の言動で動揺してくれて嬉しい」

「……気持ちがわかるだけに微妙」

「ディルク……」

「ロザリンド……」

抱きつこうとしたとこで、扉が開きました。

「……すまない。お邪魔しました」

戻ろうとするシュシュさん。

「いやいや、大丈夫！　話はまとまった？」

「うむ。近日中にカナタと正式に婚約して、数カ月後に結婚することになったぞ！」

彼方さん抜きで話が進みすぎではないだろうか。彼方さん、頑張れ。

「そっか。ところでお父様はなんの病気なの？」

「原因不明なのだ。色々な医者をあたってみたが、効果はなかった」

悲しげなシュシュさん。早く言えばいいのに。

「なら、私が診ますか。一応医学も多少は心得がありますし」

そして、見覚えのある紋様を見つけてしまい、固まった。

「このアザはいつから？」

「そういえば、アザが出た頃と体調が悪化したのはほぼ同時期だな」

ちなみに症状は脱力感・倦怠感・吐き気・幻聴らしいです。

「いつからですか？」

「二年ぐらい前からだな」

強靭な精神力ですね……肉体的にしか弱ってない。すごいや、シュシュさんのお父様。

「あの……言いにくいのですが、魔に憑かれています。精神汚染はないみたいですが、幻聴に伴う不眠で体力が落ちたので肉体的に汚染したみたいですね。理由がわかれば治療できます！　チタ！」

「おー」

「治せそう？」

「ん～、俺だけじゃ多分ダメ。アリサも呼んで」

というわけでアリサも来ました。アッサリ治癒しました。

「さあ、めしあがれ～」

そして、落ちた体力を復活させるロザリンド特製薬草粥！　兄様レシピです！　シュシュさんのお父様は匂いが微妙なのか、慎重に一口食べました。

シュシュさんのお父様がカッと目を見開いた。

「うーまーいー‼」

ちょ⁉　目と口から光が出たよ⁉

「ろ、ロザリンドちゃん⁉　父は大丈夫なのか⁉」

「変なものは入れていませんよ！　普通の薬草粥です！　出汁にリヴァイアサンの干物は使いましたけど、せいぜい滋養強壮効果です！」

「さりげなくとんでもない食材が……」

光が収まると、シュシュさんのお父様は薬草粥を一気食いした。熱くないの⁉

「おかわり！」

おかわりを要求されました！　あわててチャーハンやらパパッと作製できる品を持ってきた私。

シュシュさんのお父様はあっという間にたいらげていきます。

「父上……すっかり毛並みもツヤツヤに……」

確かにツヤツヤになっている。病気……というか魔のせいで、さっきまでパサパサだったのに。

「ロザリンド、またおまじないしたの？」

「………した」

無意識で粥にチートを与えてしまったようです。

「ロザリンドちゃん、我が主‼　本当に本当にありがとう！」

シュシュさんは泣きながら何度も何度も私にお礼を言いました。

まぁ、いっか。チートだろうが出鱈目だろうが、大事な友人の助けになるならかまわない。

「どういたしまして。ずっと頑張っていたもんね、シュシュさん」

「よかったね、シュシュさん」

しばらく幸せな泣き声が聞こえていた。

すっかり元気になってしまわれたイケおじ、オスカルさん。彼方さんに今までの塩対応を謝罪したいとのことで、シュシュさんの本宅に帰ってきました。

「転移魔法とは便利だな」

馬より速いからという理由で病みあがりなのに走ろうとしたオスカルさんを全力で止めました。大変でした。細身なのに、力も強かった。中性的な外見に反して、中身は脳筋寄りなようです。

「お、シュシュお帰り……」

彼方さんがフリーズしました。

「え⁉　大丈夫なんすか⁉　あ、でも顔色はええな！　なんで急に……ロザリンドちゃんか‼」

うん、確かに私だけどさ？　なんか納得いかないのは何故だろうか。

「彼方さんなんてお尻を狙われたらいいんだ！」

「は⁉　急に何⁉」

「カナタ……オトコハツラ遺跡は恐ろしい場所だった。カナタの尻が無事でよかった……！」

「へ？　なんなん？　なんで尻が⁇」

いや、私から始めたけど心底どうでもいいよね、尻は。

「とりあえず、尻の話は後にしなさい」

「はい」

オスカルさんは彼方さんに話しかけた。

「カナタ＝トーノ」

「はい」

「娘との結婚を認めよう。今まですまなかった」

「…………はい？」

「とりあえず善は急げ。さっさとこれから婚約して、最短で式をあげられる教会を探すぞ。私もようやく仕事ができる身体になったからな！　シュシュも時間に余裕ができるだろう。シュシュ、どんな式にするか婿殿とよく話し合うのだぞ！」

「はい！」

この親子、超似てるわ～。歯みがきのＣＭに出られそうなぐらい爽やかだな～。などと超どうでもいいことを考えている私。

「…………へ？」

そして、超スピードの展開についていけてない彼方さん。

そんな時、アンドレさんが珍しく、ノックもなくすごい勢いで部屋に入ってきた。

「旦那様⁉」

「おお、アンドレか。苦労をかけたな」

オスカルさんは軽々とアンドレさんを持ち上げ、高い高いをした。あの……アンドレさんは成人ですよ？

ちょっと羨ましいから帰ったら父にねだろう。きっと父はやってくれるはずだ！　案外力持ちだし、私に甘いから！

「ちょっと……旦那様⁉　やめてくださいよ！」

「はっはっは。照れるな、照れるな。昔は喜んでいたじゃないか」

「昔は喜んでいましたけどね！　旦那様はいっつもいっつも、俺の話をちゃんときいでくれなくて……でも、旦那様……旦那様がげんぎになってでよがっだ……うっ……ふぐっ」

おうふ、アンドレさんが泣き出した⁉

「アンドレは孤児でな。父が拾ってきたのだ。アンドレは父の役に立ちたくて、私の従者になったのだよ。父がよくなるようにと暇を見つけては走り回っていたのだ」

「そうでしたか」

普段死んだ魚みたいな目ばっかりしていて、諦めているようなアンドレさんが泣きじゃくるのは……もらい泣きしそうでした。私、いい仕事したね！

オスカルさんはとっても人望があるらしく、屋敷の皆様に泣かれていました。解放されたアンドレさんが何やらぶつぶつ言っています。

「しかしなんでまた急に元気に…………」

アンドレさんと目が合いました。

「ロザリンド様か！　旦那様を救ってくださってありがとうございます‼」

目が合ったら決めつけられました。なんでだ。正解だけども。

「本当に、本当にありがとうございます！　旦那様を救ってくださってありがとうございます‼」

いや、別に大したことはしてない……あの、他の使用人さん達……あの…………キラキラした瞳(ひとみ)で見ないでください。

「ありがとうございます！」

「ああ……なんとお礼を言っていいやら……」

使用人さん達にまでお礼を言われまくりました。

「いや、大したことはしてないですから」

「いや、父の病気はどんな名医でも治せなかった。ロザリンドちゃんだからこそ治せたんだよ」

「うむ！　さらには我が一族の憂いを晴らしてくれた恩人だ！　大切な客人として、失礼なきようにな！」

『かしこまりました‼』

かしこまられたぁぁ⁉

その後大変丁重に扱われてしまい、普通でお願いします！　と真剣にお願いする私がいました。

オスカルさん快復&シュシュさん婚約のお祝いをすることになりました。是非参加してと言われ

て、私、ディルク、兄が参加しています。私もお祝いのお料理作るぜ！　と作りました。心をこめました。美味しくできました。味見しましたがとっても美味しいです。

「ロザリンド」

「……はい」

「何を入れたの？」

「……ステーキは億千万バッファローですが、他は一般的な食材です」

「…………おまじないは？」

「美味しくなーれはしました……うわぁん、ディルク！　兄様がいじめる！」

「うん、よしよし。ロザリンドに悪気はなかったんだよね。美味しいご飯を作っただけだよね」

「……なんでキラキラしとんの？」

ついに彼方さんが言ってはならない部分にツッコミをしてしまいました。

「シヴァのせいです！　シヴァの天啓のせいなんです！」

美味しそうに湯気をたてるご飯達は物理的にキラキラしていました。食材は普通でしたよ！

勇者が輝くご飯を食べてくれました。

「うまぁぁぁい‼」

目と口から光が出たよ。害はないと判断したらしく、皆さんも食べ始めました。慣れって怖いですよね。もう目と口から光が出ても、誰も気にしません。い、いいのかな……。

「シュシュさん、婚約祝いです」

金色を基調にした、薔薇(ばら)の意匠のロングソード。シュシュさんをイメージした品だ。光と聖属性を付与し、シュシュさんの戦い方に合わせたやや細身の刀身。シュシュさん愛用の剣を参考にしました。

「これは……」

シュシュさんが瞳をキラッキラさせています。気に入ってくれたようです。

「銘は光麗。シュシュさんのために私が作りました。改善点があれば遠慮なく申し出てください」

シュシュさんは数回光麗を振るってみせた。

「気に入ったよ。大切に使わせてもらおう」

さっそく腰につけていた愛剣と交換してくれました。よかった、シュシュさん超嬉(うれ)しそう。

「よかったなぁ、シュシュ」

「彼方さんにもありますよ、お祝い」

そっとカフスを渡した。カフスには雫(しずく)型の青い石がついている。

「シュシュさんとお揃(そろ)いの、全異常無効アクセサリーです」

「おお……またスゴいもん持ってきたな」

「それは確か、自由な風が一生かかっても買えるかわからんとか言っていたやつか？　主」

「「…………」」

なんでもオスカルさんと幼馴染(おさななじみ)だとちゃっかり参加していた英雄が、爆弾をポイ捨てした。固まるシュシュさん&彼方さん。

「てへ」

「贈り物はお返しできそうな品でお願いします！」

「……いや、多分主の武器も一財産だぞ？　いくらになるか見当もつかん」

「ジェラルディンさん、ハウス！　あっちに好物のステーキがありますよ！」

「む！　行ってくる！」

邪魔者はいなくなりましたが、彼方さんが文句ありそうです。

「……彼方さんやシュシュさんには、今後魔の件で助力を乞うことになります。これはそのための保険で先行投資です」

「私はロザリンドちゃんのためなら何とだって戦うぞ！」

「……せやな。利害は一致しとる。シュシュのためでもある、か。ありがとさん」

シュシュさんは満面の笑みで、彼方さんは苦笑しつつ、揃いのカフスを身につけた。

「彼方さんには個人的なプレゼントもありますよ」

「ん？」

「あけてみて！」

プレゼントボックスからプレゼントを取り出す彼方さん。私の野望が叶うときが来ました！

「これは…………！」

「彼方さん……」

「皆まで言うな、任しとき！」

私と彼方さんは走り出した。目的の地へと‼

「カナタ⁉」

「ロザリンド⁉」

婚約者達が叫んだが、私達は止まらない！　いざゆかん！

しばらくして、私達は帰ってきた。そう、我々は成し遂げたのである。

丸々とした完璧（かんぺき）な形……味見したが、味も最高です。そう、関西が誇るソウルフード！

TAKO☆YAKI！

彼方さんへのプレゼントはたこ焼魔具。自分でたこ焼を作ってみても、満足なできにならなかった。しかし今！　彼方さんのおかげで、最高のたこ焼を作れました！

「これ、タコヤキ？」

ディルクは何度か試食したのでわかったようです。

「そう！　でも、今までのは未完成……これぞ私が求めた真のたこ焼なのです‼」

「……そう」

ディルクに苦笑されました。食べたかったんだよ、たこ焼‼　ディルクにも食べさせてあげたかったしさ！

「ふーふー。ディルク、あーん」

「へ⁉　いや、自分で食べられるから！」

「……あーん……ディルク、食べて。ディルクに食べてほしいの」

「………くっ……なんでこんな可愛いんだ……あ、あーん」

ディルクの感性がよくわからない。あれか。つがい補正とかあるのかな？　無理矢理あーんする小娘に可愛さはないと思うんだよね。

「美味しい‼」

「でしょ？」

私の研鑽した日々はけっして無駄ではなかった。たこ焼ソースの開発や、紅ショウガ……青のり……カツオ節……たこ焼の必需品を地道に揃えていたかいがありました！

「シュシュ、うまいか？」

「はむはむ……ふまい！」

「そうか、よかったな」

彼方さんは我が子を見守る母親みたくなっています。シュシュさん……幸せそうだからいっか。

「はむはむはむ……ぬおおお⁉」

ジェラルディンさんが当たったようですな。

「ぐおお‼」

のたうちまわるジェラルディンさん。

「……何を入れた？」

「激辛ソースをたっぷり☆」

テヘペロ☆とウインクする私。

「ロシアンたこ焼か……正直ありやな！」

「さすがっす！　兄さん！」

「……いつからうちの妹はカナタさんの妹になったのさ」

私の実の兄が不満げです。いやいや、ノリですから。

「なら、お前が俺の弟になれば解決やな！」

「なんでそうなるんですか⁉」

彼方さんに頭をグシャグシャにされる兄。しかし、彼方さんに悪意がないから邪険にしにくいらしく、たいして抵抗していない。

「名案です！　彼方さん！　いや、彼方兄様！」

「え⁉」

驚愕（きょうがく）する兄。むしろ仲良しになってくれ。オタク以外の友人も作ろうよ！　彼方さんはいいやつだよ！

「ならば、私は姉だな！」

「わーい、シュシュ姉様～」

「妹よ‼」

ひし！　と抱き合う私達。完全についていけてない兄。

「ならば、私が父だな！」

「『父さま～』」

軽々と左に私、右にシュシュさんを抱き上げたオスカルさん。力持ちだね！

「わ、わけがわからない……」

そしてやっぱり怒濤の展開についていけてない兄。しかし彼方さんが悪い人ではないと理解したらしく、わりと穏やかに会話してました。

ちなみに疑似家族ごっこは兄がいいかげんにしなさい！　とキレるまで続きました。

婚約祝いもおひらきかな？　というところで、シュシュさんが兄にコッソリ聞いていた。

「私もロザリンドちゃんに何かお礼がしたいのだが……何かないか？」

「ロザリンドが喜ぶ……か」

「……ふむ。ロザリンドちゃん！」

兄が何を言ったのかは聞こえませんでした。シュシュさんに呼ばれて近寄ると、金色のモフモフにハグされた。

「ロザリンドちゃんはモフモフが好きなのだろう？　存分にモフるといい！」

「ふおお………」

確かにもふもふが大好きだ！　しかし、ディルクとの約束が……ディルクを見ると、仕方ないね

と頷いた。お許しが出ました！　唸れ！　ゴールデンフィンガー‼

「ふにゃあ……ゴロゴロ」

すっかり猫と化した金獅子・シュシュさん。はぅ……聖獣様はフカフカでお日様の匂いがしましたが、シュシュさんはフカフカしつつサラサラで、甘い花の香りがします。獣人は香水を嫌いますが、サシェなんかの柔らかい香りは好むそうです。

いい匂いのモフモフ……しかも立派な肉球までお持ちのシュシュさんに、私は夢中です。

「ふむ、獣人の毛皮を好むのかな？」

オスカルさんまで参加してくれました。モフモフサンドですね⁉　なんという至福……サービスでマッサージもしちゃいますよ！　金獅子親子のモフモフを堪能していたら、ジェラルディンさんまで狼になってサービスしてくれました。ちょっと毛並みが悪いのでブラッシングとマッサージもしてやりましたよ。

天国はここにあった！　モフモフ最高‼　私がうっとりしていると、小さく遠慮がちな声が聞こえてきた。

「に、にゃーん……」

その者、黒き毛皮をまといて、金色のモフモフに降り立つ…………。

仔猫サイズのディルク様が、俺めっちゃ可愛いだろ？　そんな他に浮気モフらないで、俺だけを見ろよにゃーんともうしておる（意味不明）。

「ディルク……」

「………なんつーか、かまったれやロザリンドちゃん」

兄と彼方さんが可哀相なものを見る目になっています。ディルクったら、私にヤキモチなんだね？　んもう、可愛いんだから！

「ディルク……」

ふらふらとディルクに手を伸ばすと、ディルクは私のささやかな胸に飛び込んできた。

「かわいい……」

「にゃあ……」

すぐに撫でないなんて私の様子がおかしい！　とディルクは私にペロペロします。

「お、怒ってる？　俺がいいよって言ったのに、やきもち妬いて邪魔したから……」

「おこる？」

私が？　何に？　ディルクに？　違いますよ。私は……。

「うん。いつもならぎゅーとかナデナデ……ろ、ロザリンド……」

「ふふ……ふふふふふ」

ディルクは私の様子に気がついたらしい。私の瞳はギャグマンガならばハート目になっていたに違いない。あまりの可愛さに固まっていたのですよ！

「ディルクかぁわいいぃ～‼」

「にゃあ⁉」

「かわいいかわいいかわいいかわいいかわいいかわいい」

「ロザリンド、落ち着いて！　目が怖い！」

「あああああかあわいいいいいい‼」

荒ぶる私！　スーパーハイテンションロザリンドです！

「……眠れる獣（ロザリンド）を起こしてしまったみたいだね」

「せやな。荒ぶる竜（ロザリンド）がオンリーロンリーカーニバルやな……シュシュ、行くで。親父（おやじ）さんも病みあがりなんやからゆっくり寝てくださいね」

「え？　ちょっと⁉　このロザリンドと二人きりにする気⁉」

「「頑張れ」」

私の兄達（笑）はディルクをアッサリ見捨てました。

「仕方ないじゃない。ディルクもかまわれたいんでしょ？　ロザリンドも幸せみたいだし……」

「仕方ないやろ。起こしてもーたんやから。俺かて我慢してたのに」

「カナタ……カナタもヤキモチか⁉　ヤキモチなのか⁉　わ、私にか⁉　私にだよな‼　……私にヤキモチだよな‼」

「なんでそんな必死か。そら、まぁ妬くわ。いくら女同士でも、仲よすぎやから」

「カナタァァ‼」

「目覚めたな」

「バッチリ起こしましたね」

「へ⁉　ギャアアアア⁉　おま！　下ろせ！　お姫さま抱っこはやめろぉぉぉ‼」

彼方さんの断末魔の叫びが響きわたる。アンドレさん、それは成仏しろよのポーズですか？　シュシュさんはすばやく彼方さんをお姫さま抱っこすると、駆け出した。

「孫は三人ぐらい欲しいな」

「……叶うといいですね」

ウキウキしたご様子のオスカルさん。苦笑する兄。

「私もディルクと存分にイチャイチャするため、客室に行ってきます！」

「えええええ⁉」


皆様に見送られ、客室に移動しました。

「ろ、ロザリンド……」

「怖がらないで、仔猫ちゃん……キモチイイことしかしないから……うふ、うふふふふ……」

「不安しかない！」

ぴるぴる怯(おび)えるディルクも可愛(かわい)い。というか完全獣化をとけばいいのに、頭が働かないようだ。頭、頸(くび)、背中をモフり、ウットリしたところでお腹(なか)をモフる。さらに、手足やお尻(しり)……身体(からだ)中をモフりつつ、ふと気になって胸をサワサワしてみた。

「ふにゃっ⁉」

毛に隠れた乳首に触れたからか、ディルクが尻尾(しっぽ)をピーンとさせた。

「ディルク……猫って乳首の数が個体によって違うらしいです。ディルクはいくつあるんですか？

それとも、獣化しても数は変わらない？」

「……………数えたことない。というか、知らなかった。というか、猫じゃない！」

「じゃ、探してみよう！」

「みゃあああ⁉　嫌ぁぁ‼　くすぐった……ちょ！　い、いじらないで！」

結果、増えてないことがわかりました。腹部をサワサワされまくり刺激された結果、ディルクは瀕死です。

「うう……」

「満足しました。ありがとうディルク」

「……………そう」

「というわけで、遊びますか！」

やりたかったんだよね！　仔猫ディルクと猫遊び！　私のにゃんこテクを見せてやる！

「にゃあああああ！」

「ほらほらこっち！」

「にゃ！　にゃにゃ！」

「残念、こっちこっち」

「ふみゃあああ！」

可愛すぎる！　仔猫ディルクが大興奮で猫じゃらしを追っかける姿、可愛すぎる！　内心悶えつつ、ディルクが力尽きて眠るまで遊ぶのでした。いや、普段よりサイズが小さいから遊ぶのも楽で

した。勢い余って転がったり、猫じゃらしを興奮してカジカジしたり……天使はここにいました！

本当なら添い寝したかったけど、明日の準備があるのでディルクにお布団をかけて泣く泣く別室に行きました。ラビーシャちゃんの報告も聞かなきゃだしね。

◇◇◇

私はディルクが眠る客室を出ると、私に用意されていた隣の客室に入った。

「ただいま戻りました、お嬢様」

ラビーシャちゃんが客室にいた。普段通りにも見えるが……。

「なんか疲れてない？」

私の一言でメイドから友人モードにチェンジしたのだろう。愚痴りだした。

「聞いてくださいよ、お嬢様！　大変だったんだから！」

ルドルフさんは私達の予想通り外堀を埋めて……いや私達の予想を上回り、外堀を埋めるどころか囲ってしまって逃がさない姿勢になっていたらしい。マーサの両親に挨拶（あいさつ）を済ませ、新居を契約し、国王に至急で婚姻届を用意させ、我が家に結婚報告をして、マーサ不在で婚姻届を提出するところで捕まえたそうな……。

マーサとアーク、両親の誠意と説得と脅しでどうにか丸くおさめてきたとのこと。マーサは誤解させたこともあり、今夜はルドルフさんと過ごすそうです。

「想像以上の大暴走でしたよ……また誤解をとくのが大変で……」

「おうふ……」

拗らせに拗らせた恋心は大変だったそうです。マーサは私の予想通り、ちゃんとルドルフさんが起きてからではなく寝ているうちに戻ってしまったようで……ルドルフさんはショックを受けたらしい。しかも、結局マーサはちゃんと言葉にしていなかった。甘いムードでイチャイチャしまくり……いたしたらしい。いや、そんな……考えるな、感じろ！　空気読めとか……ダメですよ！　言葉は大事！

結果、ルドルフさんはまさかのマーサは子供が欲しかっただけでやはり自分をなんとも思ってないのではと勘違い。そうであってもマーサを愛しているルドルフさんが大暴走してしまったわけだ。

「いやぁ、お嬢様にも聞かせたかった」

「？」

「マーサさん、結婚はしますがお嬢様と話し合ってからです！　とか言っちゃって」

マーサ‼　多分彼女は私が素敵なウェディングドレスを母と拵えると話したのを覚えていたのだ。だから、ドレスの仕上がり日程を相談する必要があると言いたかったのだ。多分！

「言葉が足りない……」

これでは、ルドルフさんより私が大事みたいだよ⁉

「そうなんですよ！　そしたら、ルドルフさんが嬢ちゃんと俺、どっちが大事なんだ！　とか言っちゃいまして」

「うん」

「お嬢様って言っちゃいまして」

マーサぁぁ⁉

「な、なんで⁉」

「なんかマーサさん、本気で呪われてんじゃないかレベルでルドルフさんに素直になれないみたいなんですよね。その後も珍プレーを連発して、私は成人男性が本気で号泣手前になるのを初めて見ました。マーサさんの内面がわかんないルドルフさんはもうズタボロでして、アークさんも旦那様と奥様も沈痛な表情でした」

「おうふ……」

マーサぁぁ！！？

いや、いまだに結婚してなかったのはこれが理由だったのか。ルドルフさんはあまり察せるタイプじゃないから、相性が悪いとしか言いようがない。

「そこで、私が提案いたしました！」

ラビーシャちゃんが胸をはった。ラビーシャちゃんは、口を開くと酷いことを言ってしまうので、ならば話さなければいいじゃない！　と発想を転換したわけだ。

「マーサさん、マーサさん、このままではルドルフさんが可哀相です。私の質問にはいなら頷く。いいえなら首を振るで答えてください」

「……え？」

マーサはきょとんとしたが、従ったらしい。

「ルドルフさんと結婚はしたいんですよね？」

「……（こくん）」

「ルドルフさんにお嬢様と話さなきゃって言ったのは、お嬢様がマーサさんにウェディングドレスを用意してくれるって約束したから、それを着て結婚したかったからですよね」

「……（こくん）」

「そうなのか⁉」

「……（こくん）」

マーサは目をそらしながらも同意した。ルドルフさんはそれだけで感激していたが、喜びの閾値（いきち）が低くて可哀相でしたとラビーシャちゃんに言われてしまった。

「ルドルフさん以外の男性に興味はありますか？」

「……（ふるふる）」

「お嬢様とルドルフさん、本当はどちらも選べないぐらい大切ですよね？」

「……（こくん）」

「マーサ！」

「ルドルフさんを愛していますよね？」

この質問に、マーサは硬直したらしい。しかし、だいぶ間をあけてから、ルドルフさんを見つめてはっきりと頷いた。

「……（こくん）愛して、いますわ……」

マーサは耳まで真っ赤になり、ルドルフさんに抱っこされて思う存分愛でられたらしい。

グッジョブ！　ラビーシャちゃん！

きちんとマーサの意思を確認したので、アークと両親が婚姻届やらは後にしてほしいことや、今後について話し合ったそうな。

「ラビーシャちゃんにサポートをお願いしたのは大正解だったね。お疲れ様」

「お嬢様にお願いされましたからね！　どうです！　有能なメイドでしょ？」

「うん、超有能。私の専属メイドは最高だね」

嘘偽りなく実際に有能すぎるぐらいだ。私は素直に肯定して誉めた。

「えへへへへぇ。誉められちゃいました。お嬢様は私達をやる気にさせるのが上手いですよね」

「ん～？　ラビーシャちゃんへの賛辞に関しては純粋な感想でしかないよ。本気でそう思ってる。ラビーシャちゃんは能力が高いし、信頼できる。正当な評価だよ？」

ラビーシャちゃん？　耳赤いよ？　なんか変なこと言ったかい？

「お嬢様の人たらし……」

「なんで!?　ラビーシャちゃんはスゴいんだよ!?　情報収集能力に特化してて、いつも私を支えてくれているじゃない！　友人でいてってワガママも嫌がらないで聞いてくれるし！　他にもメイドとして素晴らしい成長を……」

「わかりましたから勘弁してください！　あんまり誉められすぎると恥ずかしい！　ほら、明日の準備をしましょう！　せっかくだから巻き髪にしようって道具を持ってきました！」

真っ赤になったラビーシャちゃんはせっせと私の髪にカーラーをつけ、スキンケアを念入りにしてくれたのでした。

テレる美少女ちゃんは可愛かったです。照れをかくしつつ、持ってきた衣装を確認しました。私の専属メイドは趣味がいいです。明日の装備はバッチリです。

さて、明日はデート！　楽しみですね。

ラビーシャちゃんも下がり、さて寝ようと布団に入るとかすかにカリカリと何かを引っ掻く音がした。音に意識を集中する。
カリカリ……カリカリ……にゃーん……ふにゃーん……。
音を認識した私は素早く起き上がり、客室のドアを勢いよく開いた。するとコロリンと愛しの仔猫が転がり込んだ。いや、豹だけどにゃんこにしか見えない。ふらふらと私の足元に来ると丸まってしまった。
この私の内心をどう表現したらよいでしょうか。ディルクったら、私の匂いを辿ってきたの？　あんなに可愛い声で私を呼んでいたんですね？　そして、私を見つけて安心して寝ちゃったんですね。

かわいい。

ふおおおお‼　たぎる！　萌える‼　君が好きだと叫びたい‼　この素晴らしさを後世にまで伝えたい‼

えーいどーりぁぁぁぁん‼（意味不明）

しかし、私はこの奇跡のもふエンジェルを抱っこして一緒に寝るという使命があるのです。叫んだら起きちゃうかもしれないし、ディルクを置いて走りに行くわけにもいかないし、そもそもカーラーついてるから外にも行けない、転がれない。せめて、この迸るパッションを鎮静させるために転がりたかった……！

「ふみゅん……ろじゃりんど……しゅき…………」

「○△□☆→→←←←LRLRBA⁉」

はっ‼　可愛いディルクによる可愛いすぎる寝言に何故か隠しコマンド入力が（混乱）。

幸い私の叫びでディルクは起きませんでした。

そっとディルクを抱き上げてベッドに運ぶ。まぁ、明け方魔法をかけてとなりに運べばいいだろう。カーラー姿はちょっと間抜けだから見せたくない。

「はぅ……可愛いすぎる……」

ベッドに下ろすと私にピッタリくっついて離れません。その心地よい温かさに、私も眠ってしまいました。

第六章　久々のおデート編

朝、目の前に生肌が。鍛えられた筋肉に包まれています。朝から眼福です。拝んでおこう。

起きたらディルクからホールドされていました。ディルクの筋肉を拝んでから腕から抜け出そうとしたものの…………………がっちりと固定されてます。これが噂の人間シートベルト⁉

「ふぬぅ！」

頑張ってみるが、それでも抜け出せない。

「仕方ない……」

そっと耳元でディルクにささやきました。

「ディルクのえっち……」

「⁉」

寝ぼけたディルクの腕が外れました。今がチャンス‼

「ディルク、仔猫になって」

「ん……」

そして仔猫を隣室に移したのですが……。

「ふやーん……にゃーん……」

悲しげな声で鳴かれて動けない……だと！　なんて切ない声で鳴くんだ！　なんという威力！

しかし、間抜けなカーラー姿を見せるわけにはいかないし、お弁当の仕込みやお出かけ準備をしなければ！

「また後でね。大好きなディルク」

「みゅう……」

ディルクにキスを落として自分の客室に戻った。部屋にはラビーシャちゃんとジャッシュが待機していた。

「「おはようございます、お嬢様」」

「おはよう。ジャッシュもなの？」

「悔しいですが、髪を結う技術はジャッシュさんが上ですから。お嬢様は本日デートというある意味勝負の日なのです。ならば自分の感情は二の次でお嬢様を完璧にさらに美しく輝かせるべきです」

「ラビーシャちゃん……」

本当にできたメイドです。

「私も精一杯役割を果たさせていただきます」

私はデートに行くはずなんだけど、戦場にでも行くみたいだね……まぁいいけど。

着替えてヘアメイクとお化粧を施された。あれだ！　今日の私は可愛いのよ的な！

「お嬢様、綺麗」

「ええ、これならばディルク様も見蕩れるでしょう。大変お綺麗ですよ、お嬢様」

「ありがとう」

巻き髪を活かして半分下ろした大人っぽい髪型。白を基調に青のグラデーションが鮮やかなドレスワンピ。少女趣味すぎないが甘めで、ディルク好みのはず。リボンや小物類もワンピースに合わせてあり、今日のためにあつらえたような…………よく考えたら私、こんなワンピース持ってなかったよね？

「ラビーシャちゃんや」

「はい」

「このワンピースの出所は？」

「ディルク様からの贈り物です。たまに一式、届くんですよ。最近お嬢様に似合うものをセットでこっそり贈るのが趣味なのかなってマーサさんと話していました」

「……おうふ」

知らぬ間に貢がれていたようです。あまりたくさんはいらないと言っておかなきゃ。

「どちらかといえば……ディルク様は『趣味・お嬢様』なのでは？」

「それだ！」

「どれだ！　意味わかんない！」

ジャッシュの言葉に納得するラビーシャちゃんと、納得いかない私。

「ディルク様はお嬢様のことを考えたり、お嬢様のことを話したり、お嬢様といるときが楽しそうですので、間違っていないかと」

「う……」

他人からみてもとか……う、嬉しいけど恥ずかしい！

「お嬢様も『趣味・ディルク様』ですけどね」

「納得した！」

趣味はディルクを愛でることと観察することです！

「ではいってらっしゃいませ、お嬢様」

できるメイドと従僕に見送られ、私はとりあえず朝ごはんを食べに行くことに。今日のデートが楽しみです！

◇◇◇

お弁当を仕込んでから朝食に向かう。食堂ではオスカルさんだけが食事をしていた。

「おはようございます」

「ああ、おはよう聖女様」

「……ロザリンドでお願いします。聖女なんて柄じゃないんです」

「そうなのか？　ふむ……ならばロザリンドちゃんだな」

一気に親しみやすくなったね！　さすがシュシュさんパパ！

「それでお願いします」

「私もパパと呼んでいいぞ」

「…………実父が泣くので遠慮します」

父が泣く気がした。父もパパなんて呼んだことないよ。呼んだらどんな反応するか、予想がつかないなあ。

「シュシュさん達は……」

「どうやら蜜月に入ってしまったようでな。シュシュもよく耐えたし、仕方あるまい」

「みつげつ？」

「発情期とも言うな。つがいを見つけた獣人は異常な性衝動に襲われるのだ。シュシュは抑制薬で抑えていたが……たがが外れたのだろうな。最低でも一週間はでてこないだろう」

「……………彼方さんは体力がない人間ですが、大丈夫なんでしょうか」

人は何故、見るからに大丈夫じゃないときに限って大丈夫？　と問いたくなるのだろう。

「…………………命は大丈夫だ」

「……何が大丈夫じゃないんですか？」

「……体力と精力だろうか……」

「…………」

「…………………」

なんとなく、お互い黙った。朝っぱらからこんな生々しい話を聞きたくなかった！　とりあえず彼方さんの安否が心配なので、兄に栄養剤と……精力増強剤も要るかしら……。

「おはよう……ふぁ……」

　夜更かししたらしい兄が現れました。遅くまでお話でもしていたのでしょう。通信魔具に時間制限を設けるべきだろうか……。

「兄様……」

「ああ、カナタさんには栄養剤と精力増強剤あげといたから」

「エスパー⁉」

「何ソレ」

　寝起きだからかテンションが低い兄。

「いや、今まさにそれをお願いしようかと思っていましたから。流石は兄様！　気遣いと優しさが素敵！　兄様大好き！」

「……そう」

　ギュウッと抱きつくと、私をよしよしと撫でてくれる兄。

「ところで、ずいぶん可愛い恰好だね」

「えへへ、デートなんです」

「なるほど」

「明日はクリスティアに帰る予定です。マーサのこともありますしね」

「マーサ？」

　あ、そういや兄は知らなかった。

「マーサが結婚します」

「………報告！」

「喜んで！」

というわけで報告しました。叱られました。

「早く言ってよ！　マーサのお祝い、何か用意しなきゃ！」

「すいません」

兄様とそんなやり取りをしていたら、また誰かが入ってきました。そちらを見ると……。

王子様がいました。

いや、私のディルク様がいました。イケメンです。いや、もともとイケメンでしたが、さらにイケメンです。髪を上げて、ややラフながらも青のグラデーションが鮮やかな上着。ん？　私とお揃い？

「ディルクかっこいい……」

うっとり呟くと、イケメンディルク様が固まった。どうした？　と思ったら崩れ落ちた。

「ディルク⁉」

慌てて駆け寄ろうとする私に、兄が冷静に告げた。

「大丈夫」

「へ？」

ディルクは何やらぶつぶつ言っています。どうにか聞き取れたが……別に体調不良ではないようで安心はした。でも、落ち着かない。

「……か、可愛い……可愛すぎる。しかも俺がプレゼントした服……めちゃくちゃ似合っているし嬉しい……！」

誉めすぎだと思うの。ソワソワする私。

「ディルクが復活するまでほっとけば？　まあ、確かにロザリンドは可愛いけどね」

「……堂々とシスコン発言っすね」

思わず、といった感じでアンドレさんがツッコミを入れた。

「内面も案外間抜けで可愛いけど、外見的にも美少女だからシスコンでもなんでもなく、事実だと思うけど？」

「…………」

私をじっと見るアンドレさん。頷きました。

「……なんつーか、変わったお嬢さんだって印象が強すぎて外見は印象が薄かったけど、確かにとんでもなく美少女ですね」

「でしょ？」

兄は満足げだ。

「さりげなくアンドレさんに落とされている気がする」

私は不満である。変わっているのは否定しないが、微妙に落とされている気がする。

「……落としてはないっすよ。本当に変わってるじゃないですか。ルーベルト様もよく見るととんでもなく美形ですよね」

「……そう?」

心底意外そうな兄。攻略対象なだけあって、美形ですよね。

「私も兄様は美形だと思います」

「…………そう」

兄はどうでもよさそうだが、少しだけ嬉しそうだった。ディルクがようやく再起動しました。

「ロザリンド、その服も靴も……全部よく似合ってる」

とろけるような微笑に、腰が砕けそうになりました。

「あ……えと、プレゼントありがとうございます」

「うん。最近は服を見に行くとついついロザリンドに似合いそうなのを買っちゃうんだよね。本当によく似合ってる……靴もアクセサリーも……ロザリンドにピッタリだ。靴はオーダーメイドなんだけど履き心地はどう?」

「ヒールも高すぎないし歩きやすいです」

「うん」

嬉しそうなマイダーリンを見ていたら、プレゼントはほどほどにとは言えませんでした。

「大胆だな」

「?」

「何がですか?」

オスカルさんが苦笑していた。アンドレさんは明らかに目をそらしている。

「ウルファネアでは服を贈るというのは、それを脱がせて食べて……」

「うわああああああ!? 違います、違います！　クリスティアにそういう風習はありません！　違うからね、ロザリンド！　違うからね!?」

必死に否定するディルク。いや、知ってますから。私もクリスティアの人間だからね？　しかし、アワアワするディルクが楽しすぎて……私はオスカルさんに乗った。

「……ディルクのえっち」

「!?　可愛い……じゃなかった!!　違うから！　違うんだぁぁぁ!!」

ディルクの絶叫がお屋敷にこだました。

「妹さん、悪ですね」

「うん。面白いよね」

アンドレさんと兄の会話には聞こえないふりをしました。アンドレさんはまたしても蜥蜴なのに死んだ魚みたいな目をしていました。

「兄妹、よく似てるんすね……」

「まぁ、悪ふざけはわりと好きだよ。僕ら、どっちもね」

「…………そっすか」

アンドレさんが何かを諦めた様子でした。子供は悪戯が大好きなものですよ。

ディルクがあまりに必死で否定するから笑いを堪えきれずふいてしまい、叱られました。

なにはともあれ、デート開始です。

朝食を済ませたあと、ディルクと手を繋いで町にお出かけしました。シュシュさんの領地はチョコレートが特産品。他にもカイコッコという魔物の糸で作った絹っぽい織物や彼方さん考案のイカ焼きやお好み焼きもあるらしい（ただし塩味）。

やはり異国の風景は楽しく、どことなくアジアンテイストなウルファネアの町並みは見ていて飽きな……風景のなかに、明らかに異物があった。日本家屋にしか見えない建築物がちらほら……救世の聖女・こと姉ちゃんが愛した建物らしい。畳にちゃぶ台……わりにズボラーなウルファネアは、意外にも玄関で靴の着脱が一般的。理由を聞いたら、掃除が楽だから…………………納得した。泥だらけの子供やら大人やらが存在するウルファネアでは、家の内外を明確にせねば家事をやる人間が過労死しかねないのだとか。

「あ、あれ何かな？」

可愛らしい屋台には、沢山のリボンが飾られていた。

「どうだい？　可愛らしい彼女とお揃いでどうよ！　今流行の赤いリボン！　互いの小指に結べば運命の赤いリボン！　互いの色を手首に結ぶ、恋人の証もお薦めだ！　どうだい？　買うかい？」

テンポよく話す……リスかな？　な少年。試しに一つ手に取る。手触りは絹だが、魔力を通す性質があるようだ。買おうかな……。

「うちのはここらでも一番質がいいよ！　なんと王宮にも献上していたぐらいだ！」

「へえ」

確かに布としては最上位ランクだろう。グラデーションや、柄ものまである。かなりの技術を要する品も多い。

「恋人の証……」

ディルクは恋人に見られたのが嬉しいらしい。尻尾もご機嫌だ。互いの色のリボンを手首に結ぶ行為は日本の薬指の指輪にあたるらしい。どうでもいいが運命の赤いリボンは彼方さんの適当説明によるものと後日判明した。

「……ディルク、せっかくだから買おうか？」

「‼　うん！　ロザリンドの色に近いのはどれかな？」

リボンを選ぼうとしたら、明らかにごろつき的なオッサンが来た。

「カイコッコのリボンなら向こうがいいですよ。今王室御用達なのは向こうの店ですから」

少年はとても悔しそうにしている。

「ディルク、一応見てみようか」

少年に嫌がらせされたりするとやだなぁと思ったから見に行ったが……正直私の趣味じゃなかった。なんというか、派手で悪趣味な店の中は、これまたド派手で目がチカチカする。派手で下品。

織物としても先程の店よりやや粗い。

「いかがですかな？」

今日はお互い身なりのいい恰好だし、カモだと思われちゃったかな？　でっぷり太ったカエルの獣人……多分店主が揉み手しながら話しかけてきた。

「私の趣味には合わないようですわ」

「……こちらなどお嬢様によくお似合いですよ？」

「私の趣味には合わないようですわ」

私はノーと言える女です。ど派手なカイコッコ織物のワンピース。日本語で『焼肉定食』と書かれた上に豹柄である。似合わないよ！　似合いたくないよ！　微妙に大阪のオバチャンスタイルを感じる！　……は！　彼方さん!?　犯人は彼方さん!?

「おい」

私がやや混乱していると、とてもドスがきいたお声がしました。

「俺の婚約者にそんな下品な服が似合うだと？」

ディルク様激おこ!!　めっちゃ睨んでる！　普段は温厚だから怒ると怖い！　超怖い!!　でも私のために怒ってくれるなんてかっこよくてキュンキュンしちゃう！

これがつり橋効果か？（違います）

「は……いや……」

哀れな多分店主はディルクの殺気に耐えきれなかったらしい。

「しゅみましぇんでしたぁぁぁ！」

盛大に噛（か）んで逃げ出した。

「私もディルクが選んだワンピースが気に入っているから、今日は服、欲しくないなぁ。あのワンピースは趣味が悪すぎ」

「そうだね」

ディルクに抱きつくと、優しく撫でてくれました。

「さっきの露店、戻ろうか。恋人の証を買おうよ」

正直この店の品はリボンなどの小物も派手すぎて好みじゃない。

「困りますねぇ、お客さま」

店を出ようとすると、ムキムキなゴリラの獣人に話しかけられた。押し売りかな？　私達、見た目はあまり強くなさそうだもんね。

「何がですの？」

「うちの商品にケチつけやがって！　どう落とし前つけんだよ！　ああん⁉」

普通のクリスティア貴族なら、これ怯（ひる）むだろうなぁ……顔が怖くて威圧感ある冒険者のおっちゃんに慣れた私達には効かないけど。

「どうもなにも、好みじゃないだけですわ」

「は？」

多分私の反応が予想外だったんだろうな。だが、怖くないのだから仕方ない。

「そうだね。好きな人は好きなんじゃないかな。俺達の趣味じゃなかっただけで」

「ふ、ふざけんな！」

「……押し売りですの？　ウルファネアの王室御用達の店が？　それに下品というのはあくまでクリスティアの基準ですわ。服を取り扱う店員なら、もう少し客のニーズを考えていただきたいわ。この服、貴方は私に似合うと思いまして？」

先程の服を自分にあてた。顔が怖いオッサンは目をそらした。正直だな、オッサン！　しかし、似合わないよと反応してくれてありがとう！　似合うと言われたら暴れるとこだったよ！

「俺さ……今日のデート、楽しみにしていたんだよね」

ん？　ディルクの様子が……。

「可愛い可愛い婚約者が、俺を独り占めしたいからデートしようって誘ってくれて……幸せな気分でデートしていたのに、水をさすってどういうことかな……」

おうふ……圧倒的な強者の気配に、屈強なオッサンは腰が抜けたらしい。多分店主のカエルは失禁している。私も息がしにくいほどの凄まじい怒りと殺気に……………私はむしろときめいた。

いや、だってさ？　それだけ私とのデートを楽しみにしてたんだよね？　ディルクったら！

「えへへ」

ディルクの腰に抱きついてスリスリした。

「ロザリンド、待っててね。始末してくるから」

うん、もちつけ（動揺した）。

ここは私が頑張ってディルクを引き留めねばなるまい。

「やだ。今日のディルクは私だけのだもん。待たない。私を優先！　かまって！　私だって今日のデートを楽しみにしてたんだよ？　前日から服とか一式持ってきてもらったり、スキンケアとか巻き髪したり……」

ディルクが膝をついた。

「俺の婚約者が可愛すぎて辛い！　なんなの⁉」

こうかはばつぐんだ！

「ね、行こう？」

首をかしげて手を引くと、ディルクは素直についてきました。

「……あー、よぉ」

店を出たら、先程の露店で売り子をしていたリス少年に会いました。

「やあ？」

とりあえず、挨拶してみた。

「……もしかして、心配して来てくれた？」

「ち、違うし！　あ、あいつら無理矢理買わせたりするから騎士呼ぶべきかとか考えてないし！」

どうやら心配して騎士を呼ぶべきか考えていたらしい。ディルクも苦笑している。

「お店は大丈夫？」

「ねーちゃんに押しつけてきた」

「あのお店は趣味じゃなかったんだよね。他にいい店知らない？　君の露店はなかなかだった。品質も最上位だと思うの」

「ああ！　母ちゃんの布は世界一なんだ！」

リス少年はにっこり笑った。露店よりお母さんのいる店舗の方がもっと色々あると言うので案内してもらった。

「なんというか……」

ぼろい。ガラス割れてるし。これは客が来ないな……と思いつつ店に入ると素晴らしかった。デザイン、布の質……縫製……どれをとっても申し分ない。色とりどりのなめらかな布に施された繊細な刺繍……うっとりしてしまう。

「ディルク！　これ着て！　あとこれとこれと……」

「えええ!?」

「あと……」

「まだあるの!?」

あります！　私はディルクに笑顔を向けた。私が喜んでいるので、素直に試着しに行くディルク。ディルクはやっぱり身体の線がでるウルファネアのアオザイ風衣装が似合うんです！　どれも甲乙つけがたい……いっそ全部買うか？

「えっと……小物は安いけど、けっこう服は高いぞ？」

私の財布を心配するリス少年。いい子だね。

「大丈夫！　これとこれでどうですか？」

ポーチから宝石を出した。多分額としては今試着しに行った服が充分買えるはず。宝石は店主らしいおっとりしたふくよかなリスのおばさまが受け取った。

「おつりがでるぐらいだわね……それにしてもお嬢様は目利きねぇ……うちの店で最高ランクのものばかりチョイスするなんて……」

「布は母と服やドレスを作るときによく見ていますから、目が肥えている方だと思います。ここのは布も縫製もデザインも、文句なしに一級品ですね」

「だろ⁉　母ちゃんが全部作ってんだぜ！　すげーだろ！」

おばさまは穏やかに微笑み、リス少年は得意げだ。

「はい、そうですね……いやあああああ！　ディルクかっこいい！　愛してます！　結婚してください！　今すぐぎゅーして！　素敵ぃぃ！」

「ロザリンド、落ち着いて‼」

黒地に金の細やかな刺繍を施したアオザイ風。ウルファネア独自の伸縮呪が施されているので、ウルファネアの服は基本フリーサイズです。それはさておき、ディルクがイケメンすぎます！

私のテンションにリス少年がドン引きしていますが、構うものか！　ディルクが素敵すぎるから仕方ない‼

ディルクはとりあえず、私が落ち着くまでハグしてくれました。そして着替えるたびにテンションが振り切れる私に、リス少年は慣れたらしく残念なモノを見る目をしていました。ディルクと多少の攻防があったものの、全て購入しました。いい買い物した‼　どれもディルクによく似合ってました！

ディルクのファッションショーを楽しんだ私は、おばさまに提案しました。同じデザインのお揃いドレスはできないか。例えばアオザイの下をパニエで膨らませたスカートにして……。

「素晴らしいデザインだわ、お嬢様！」

リスのおばさまはキラキラ瞳を輝かせると、凄まじいスピードで縫い上げてしまった。

「ええええええ⁉」

「すごいね」

「そーだろ！　母ちゃんはここらで一番の縫術師なんだ！」

縫術とはウルファネアで一般的な獣化しても脱げない服に使用されている魔法の一種である。ちなみにクリスティアでは珍しい。

「わあああ……ディルク、せっかくだからお揃いが着たいなぁ。おばさま、もう少しカジュアルなワンピース風も欲しいです」

またデザインを描くと縫うおばさま。まるで魔法みたいに瞬く間に服ができ上がる。

白を基調にした青い薔薇がモチーフのチャイナドレス風ワンピース。クリスティアは足を出すのはあまりしないのでスリットはわざと別布にしてパニエですこしふんわりさせ、腰にグリーンのリボンをあしらう。白だがカイコッコの布は透けない素材らしい。伸縮性もよく、着心地もいい。

ディルクは黒を基調にした青い薔薇モチーフのチャイナ服風。腰にグリーンの巻き布をしている。ノースリーブなのでたくましい腕が丸見えです。夏仕様で私とディルクの服には涼感の縫術も施されているらしい。確かにひんやりしていて心地よい。

さらに夜会でも使えそうなディルクとお揃いウルファネアテイストドレスを何着か仕立ててもらい、服の支払いをしようとしたら断られた。

「お嬢様のおかげでインスピレーションがスゴいのよ！　このデザインは流行るわ！　だからお代はけっこうよ！」

おばさまの瞳はキラッキラです。売れる……か。

「おばさま、ならば提案があります」

「？」

「ええと……」

私が描く図面を見て、おばさまは首をかしげています。

「これは？」

「勝負下着です」

「何と戦う気だ」

リス少年からツッコミが来ました。

「ここぞというときにつがいを誘惑するため！　ある意味戦いです。カイコッコは布として最上位ですし、手触りや伸縮性もいい。高級下着に適しています。貴族や高級娼婦(しょうふ)に需要があります。クリスティアでこの系統のデザイン下着が流行りつつありますが、カイコッコほどよい布は流通していません。しかもフリーサイズで誰(だれ)でも着られる。これは絶対売れます。なんなら私が契約して仲介してもいい」

「……………………」

目から光線が出そうです。おばさまは奥から布を持ってきて高速で縫いだしました。

「いかが⁉」

「素晴らしい！　他にもデザインを……ディルクはどんなのがいい？」

「……オレ、タチ外、デル」

ディルクはカタコトで真っ赤(まっか)になりつつリス少年を片手に担いで出ていきました。これはまだ、ノーマルな部類だよ？　しかしディルクが出た隙に、いわゆるセクシー下着も大量にデザインしました。おばさまは私と契約してくれるらしい。やったね！　カイコッコの服が買い放題だ！　利益は私に一割。残りはおばさま。ふっふっふ。売りまくりますよ！

商談も終わり、外に出たらごろつきがたくさんいました。怯(おび)えるリスの親子。

「さっきはよくも恥をかかせてくれたなぁ！」

なんかキレてるさっきのカエル。いや、私らはなにもしてないよ？

「……お前が私の婚約者の怒りに怯えて勝手に粗相しただけでしょう？　逆恨みじゃないの。まぁいいわ」

私はすうっと息を吸った。やや棒読みなのはご愛嬌だ。

「たすけてー、ウルファネアマスクー‼」

「わはははは！　ウルファネアマスク、見参‼」

「えええええ⁉」

「まぁ……」

狼のマスクを被ったウルファネアマスク（中身は迷惑なオッサン）が出現した。ウルファネアマスクは民家の屋根から飛び降りた。普通に出てこい、ウルファネアマスク。

「たすけてー、ウルファネアシャドウー‼」

「影に生きるは我が運命……悪に鉄槌を！　ウルファネアシャドウ‼」

「すげぇ！　かっけぇぇ‼」

「まあぁ……」

ちょっと照れが入っているね、ウルファネアシャドウ。さて、私のヒーロー（笑）達はあっという間にごろつきを片付けた。そもそも強化された英雄に敵うやつはそうそういない。まさかちぎってはいないが、ごろつきをポイポイ投げている。ウルファネアシャドウはごろつきが他人に当たったりモノを壊したりしないようフォローしている。なかなかのコンビネーションである。

「騎士に引き渡してきます」

むしろあんたらが不審者ではなかろうか。捕まらないか？

「よろしくー」

「……なんで変身していたの？」

「ああ、ある意味有名人だからと……使いたかったんでしょ」

「ああ……」

ディルクが呆れた表情です。

「すげー！　すげー！　ウルファネアマスクかっこいい！」

「ウルファネアマスクー！」

「いいぞ、ウルファネアマスク‼」

リス少年や近所の子供達、野次馬が声をかける。ウルファネアシャドウがいじけてるんで、ウルファネアシャドウにも声援をあげてくれ。

「ウルファネアシャドウのおかげで被害ゼロだよ！　ありがとう」

「お嬢様……」

「はい、おかげで店も無事です。助けてくださってありがとうございます」

「いいえ、礼には及びません。ちち……ウルファネアマスク！　騎士に彼らを引き渡しに行きますよ！」

ウルファネアマスクは子供をたくさん乗っけていたが下ろし、縄を近所の人にもらってごろつきとカエルを引きずっていきました。

ありがとう、ウルファネアマスク！　ありがとう、ウルファネアシャドウ！　私は君達の活躍を数分ぐらいは忘れない！

後はお揃いのリボンを買うだけなのだが、お店の外見がぼろっちいのが気になった私。ゴーレム作る術……応用したら綺麗にならないかしら。

「あの、試しにお店に魔法使ってみていいですか？　外観だけちょいちょいっといじりたいんです」

「え？　いいわよ」

リスのおばさまから許可もいただいたし、レッツ実験！　私のイメージはミス・バタフライのお店よりちょっとおとなしめの少女チックなクリスティア風ブティック。

『創造の翼よ、羽ばたけ』

あ、れ？　イメージ通りのお店ですね……ドアを開くとカランカランと軽快なベル音。うん……私すげーな！　ま、窓もちゃんと開くし鍵もかかるし、シャッターついてるよ！　もともとはウルファネアテイストのお店が……原形ないな！　冷や汗が止まらないよ！　リスのおばさま……リーネさんも固まっているし、リスの少年……リリアス君も固まっている。ディルクもびっくりしてる。

「素敵！　素敵だわ、お嬢様！　ありがとう、ありがとうございます‼」

一番最初に硬直がとけたリーネさんがキラキラしながらお礼を言ってきた。

「あ、ありがとう……」

「いえいえ。あ、お礼なら、私達の色をイメージした揃いのリボンが欲しいです」

「任せてちょうだい！　最高のものを作るわ！」

リーネさんは青・紫・黒の繊細なグラデーションカラーのリボンを持ってきた。

「わぁ……」

一日で気に入り、互いの手首に結んだ。

「ふふふ」

ディルクもごきげんです。

「ところで、このお店って嫌がらせされています？」

「そうなんだよ！　あのカエル野郎！」

どうやら商売敵であるこの店に嫌がらせをしているらしい。

「ふむ……」

一応リーネさんに断ってからお店に呪（のろ）いをかけました。

「ディルク、あーん」

「ろ、ロザリンド……あむ……幸せ……」

ディルクさん、ディルクさん？　心の声が出てますよ？　さっきまでリーネさんと盛り上がっちゃってごめんね。でもデートは始まったばかり。今はリーネさんがデートにオススメだというカフェでいちゃいちゃしつつケーキを食べています。このお店にはカップルシートなるお席がありまし

て、ディルクとひっつきながらスイーツを堪能しているわけです。

「ディルク、私にも！」

「あ、あーん」

「美味しい！　えへへ」

「ロザリンド、その服も可愛いね……髪型も……おだんごだっけ？」

リーネさんにサービスだと髪をおだんごに結われて花飾りで飾っていただきました。

「ディルクもよく似合っていますよ。すっごくカッコいいです。さっきまで着ていた服も似合っていましたけど、やっぱりディルクにはウルファネアの服が似合いますね」

ディルクは照れながら穏やかに笑ってくれた。

「あ、ありがとう。ロザリンドにカッコいいって言われると嬉しいな。そういえば、さっきまで着ていた服はジャッシュさんが用意したやつなんだ。ロザリンドが喜ぶから着てくれって。髪もついでに整えてくれたんだ」

後でジャッシュを誉めておこう。いい仕事をしてくれました。

カフェを出ると、またしてもカエルと愉快な仲間達がお外におりました。

「……こんにちは？」

「さっきはよくもやってくれたな！」

「私は助けを呼んだだけで、さっきは何もしていないです」

「…………」

「…………」

しん、と静かになりました。まぁ、あのウルファネアマスクとシャドウは正体がばれると厄介だからという理由と彼らが多分魔具を使いたかったため誕生しました。だから厳密に言えば私のせいかもしれませんが、言わなきゃバレません。

「ちなみになんで捕まらなかったんですか？」

「保釈金支払ったんだよ」

ごろつきが答えた。あ、あれ私に豹柄が似合わない反応したオッサンだ。

「バカ、言うな！」

カエルがオッサンを黙らせた。なるほど。納得した。しかし相手にしたくないので、私は叫んだ。やっぱりやや棒読みなのはご愛嬌である。

「きゃー！　ウルファネアマスク！　ウルファネアシャドウ！　助けてぇ！」

「わはははは！　とう！」

「……影に情けなし。覚悟」

カエル達はまたしてもウルファネアマスク＆シャドウによって捕縛されました。パフォーマンス……というか戦い方が派手なウルファネアマスクが人気ですね。ウルファネアシャドウはしょんぼりしています。

「ありがとう、ウルファネアシャドウ」

「……お嬢様……」

「主（あるじ）よ、俺にはないのか？」

あんたは声援をいただいていただろうに。

「ない。周囲に破損なんかの被害がないのはウルファネアシャドウのおかげだし、他の人の声援があるからいいじゃない」

「きゅーん……」

こ、こら！　いい年したオッサンが耳と尻尾（しっぽ）をしんなりさせて悲しげに鳴くんじゃありません！　わ、私には効かないんだから！

「きゅーん……くーん」

き、効かない……。

「……ありがとう、ウルファネアマスク。素晴らしい戦いぶりでした」

「うむ！」

単純なオッサンは上機嫌でまたしてもカエル達を引きずっていきました。

ウルファネアでは必ずしもつがい同士の年が近いわけではないので、腕のリボン効果もあってか恋人に見られるのが嬉しい。クリスティアだとよく兄妹（きょうだい）に間違われたり……下手（へた）したらお嬢様と従者扱いだったり……ディルクも私もルンルンです。

「お！　兄ちゃん、可愛い彼女を連れてるね！　どうだい？　可愛い彼女にプレゼントして、彼女をメロメロにしてやんな！」

「めろめろ…………ロザリンド……」

照れながらも行きたそうなディルク。

「見に行きます？　私は既にディルクにメロメロですけどね」

「…………かっわいいんだよ……メロメロなのは俺だよ……！」

我ながらくさい台詞だと、ちょっと照れながら言ったらディルクが崩れ落ちた。

こうかはばつぐんだ（本日２回目）。

「いこ？」

露店のおじさんに生暖かい瞳を向けられているので、ディルクの手をひいた。

「おお、揃いのリボンか。なら、こんなのはどうだい？」

ハートを割った二つで一組のネックレス。うーん、可愛いけど……。

「ネックレスよりはチャームとかがいいかなぁ……」

どうせなら普段から使いたいが、私はなくさないように普段指輪をネックレスにしている。普段使いならバッグにつけるとかがいいなぁ……。

「ちゃーむ？」

露店のおっちゃんにボールチェーンやキーホルダーの図面を描いて教えた。

「……ふむ……できなくはねぇな！　よし嬢ちゃん！　タダにしてやっから、この図面くれ！」

「はぁ、別にかまいませんが……」

おっちゃんは楽しそうだ。素直に図面を渡した。そうと決まればチャームのモチーフは何がいいだろうか。ハートを割ったやつはやだなぁ。失恋したみたい。鍵と錠前……いや、できたらお揃いがいい。

扉……そう、扉がいい。

異世界から来た凛。

夢に閉じ籠っていたロザリア。

自分の境遇を諦めていたディルク。

『私達』に相応しい気がした。ディルクの瞳の色である琥珀。私の瞳の色である紫水晶を使った両開きのアーチ扉。扉の右半分を私用に琥珀、左半分をディルク用に紫水晶にして、中央で分かれる物にして……両方を組み合わせてはじめて、一つのアーチになるような作りに。アーチを分ける中央には、琥珀と紫水晶を嵌め込んでもらおう。私は思いついたデザインをスラスラと紙に描いていく。おっちゃんにデザインを見せた。

「こりゃあ……いいな。三……いや、二時間くれ！　満足いくものを作ってくる！　おい！　店番しとけや！」

「ええ!?　親方!?」

空気みたくなっていたお弟子さん……だろうか。少年は置き去りにされた。

「あ、えっと……他になにか気に入ったやつはありまひゅか?」

「「「…………」」」

噛んだ。少年は盛大に噛んでしまい、真っ赤になって涙目だ。

「あ、えっと……他には何が…………ロザリンド、これ」

「え？」

空気を変えようとした優しいディルクは何かを見つけたらしく、指さした。

シルバーに輝く……サボテン。そしてその背中には天使のような羽が……。

ノンノン、落ち着けロザリンド。ビークール！　ビークール！

「こ、これは？」

震える手でシルバーサボさんを指さした。

「ああ、なんかこないだ親方が酔っ払って森で虹色のサボテンを見たとかいって作ったんですよ。誰も買わないのにどうするんだか……」

「買います」

「…………は？」

「あるだけ全部買います」

内心はそれはもうパニックです。見られてたよ！　サボさん、見られてたよ‼

とりあえずサボさんペンダントは三つあったので、サボさんとミルフィとシーダ君にあげよう。

「ま、まいどあり……」

少年は私の剣幕に驚いたが、さすがは商売人。手早く包んでくれました。

「びっくりしたね」

「本当にね」

ディルクと手を繋ぎながら歩く。おっちゃんは二時間と言っていたし、二人でぶらぶらと歩く。

「あら、可愛らしいカップルさんね。カップル限定のゲームに参加しない？」

「カップル限定……」

セクシーな蜥蜴？　のお姉さんに声をかけられました。ディルクが参加したいと目で訴えています。時間もあるし、かまわない。参加することにしました。

参加費を支払い、正解数によって景品を貰えるらしいです。

「まずはお嬢さんのことを答えてね」

先に私についての問題になりました。

「お嬢さんが好きな食べ物は？」

ロザリンド⬇お米

ディルク⬇お米

「お嬢さんのお気にいりの場所は？」

ロザリンド⬇ツリーハウスの木陰

ディルク⬇ツリーハウスの木陰

「お嬢さんの宝物は？」

ロザリンド⬇婚約指輪
ディルク⬇婚約指輪
「お嬢さんが思う彼氏さんのいいところは?」
ロザリンド⬇全部
ディルク⬇もふもふ?
「お嬢さん……それを当てるのは難しいんじゃ……」
「だって……私には選べない! 中身も外見もどストライクなんです! ディルクのいいところはありすぎて、三日三晩語り続けられるぐらいなんですよ!」
「………そう。愛されてるわね……」
「ロザリンド……」
セクシーなお姉さんには生暖かい視線をいただきましたが、ディルクが嬉しそうなので問題なしです。
「お嬢さんが初めて彼氏さんと会ったのは?」
ロザリンド⬇騎士団訓練所
ディルク⬇騎士団訓練所
「次からは彼氏さんのことを答えてね」
「彼氏さんの好きな色は?」
ロザリンド⬇青、黒、紫

ディルク⬇青、黒、紫

ん？　この色って………私？

「……ディルクは私の色が好きなの？」

「………………………うん」

手を口にやって恥じらうそのしぐさ……たまらない！　後で絶対ちゅーしてやる！

「ディルク……」

「……うん、終わってからにしようね？」

「「すいません」」

一応待っていてくれるなんて、お姉さんいい人です。

「彼氏さんが苦手な食べ物は？」

ロザリンド⬇ピクルス

ディルク⬇ピクルス

「彼氏さんの趣味は？」

ロザリンド⬇読書

ディルク⬇ロザリンドに似合うモノ探し

「ディルクさん、初耳です」

「いや前は読書だったんだけど、最近はロザリンドに似合いそうなモノを探すのが趣味なんだ」

「つまり……趣味は私」

「…………………そうかも」

「ちなみに、私の趣味は以前が読書で今はディルクです。ディルクを観察し、愛（め）で、たまにいじる」

「最後の要らないよね⁉」

「ちょ……ぶふっ」

お姉さんが痙攣（けいれん）……じゃない。爆笑しています。いや……うん。

「はー、笑った……ごめんなさいね。お嬢さんの可愛いところは？」

ロザリンド⬇そもそも可愛くない

ディルク⬇全部

「……ディルク、私に可愛げはないと思うの」

「ううん、ロザリンドは常に可愛いから！　今も照れながら可愛くないって言ってるのが既に可愛いから！　むしろ今すぐキスしたいぐらい可愛い……」

「最終問題です」

お姉さんが遮りました。うん……私の心臓がもたないので、お姉さん、グッジョブ！

「お嬢さんのどこが好き？」

ロザリンド⬇おせっかいなとこ？

ディルク⬇全部

「ディルクさん、初耳です」

「ロザリンドの見た目も中身も大好きなんだよ」

「…………あ、ありがとう」

直球は……直球はやめて‼　心臓がもたない！　あ、あばばばば！　だ、誰か助けて！

「見つけたぞ！　さっきはよくもやってくれたな！」

いいかげん諦めた方がいい気がするカエル達が来てしまいました。あの……オッサン達がやめようぜと言っていますよ？

「きゃー、ウルファネアマスク、ウルファネアシャドウ、タスケテー！」

やはり棒読みなのはしかたない。ありゃ？　来ない？

「残念だったな！　奴らはヨボヨボのお年寄りを助けているぞ！」

「わはははははは」

「ぎゃあああああ⁉」

「お年寄りはどうした！　あんなに動きが鈍いのに！」

「担いで運びました」

荷物が重たくて困っていたお年寄り達。お年寄りごと荷物を運搬したようです。脳筋ならではの発想だね！

「くそう！　その手があったか！　ぎゃああああ、くんなぁぁ‼」

「わははははは！」

「うわあああ！　覚えてろぉぉ‼」

カエルはウルファネアマスク＆シャドウに追いかけられて逃げていきました。

「……忘れました！」

「……あれ、なんなの？」

いきなりの展開についていけない様子のお姉さん。

「よくわかんないけど因縁つけてくるカエルと通りすがりの正義の味方、ウルファネアマスクとウルファネアシャドウです」

「…………そう」

お姉さんが遠い目をしていました。すいません。主にうちの子がすいません。

ありがとう、ウルファネアマスク！　ありがとう、ウルファネアシャドウ！　とりあえず、カエルがもう出てこないようにしといてくださいね！　と念を送る私でした。

◇◇◇

お姉さんは私達の解答が面白かったらしく、本来なら全問正解の景品なのよとチケットをくれました。なんでもお姉さんのお姉さんが高名な占い師さんだそうで、並ばず優先的に占ってくれるらしい。

「ちなみに、どっちが先に好きになったのかしら？」

「私です」

「俺です」

完全に声が重なりました。

「え？」

「「………」」

「ディルク、私は出会う前から好きでした」

「でもそれ、正確には俺じゃないでしょ？　だから俺が先」

「いいえ！　最初は憧れでしたが、すぐ好きになりました。熱烈アピール、ずっとしていました！」

「お、俺だって！」

「ふは、仲良しね」

お姉さんに笑われてなんとなくばつの悪い私達。お姉さんにお礼を言って別れました。

せっかくチケットを貰ったし、と場所をお姉さんに聞いて行ってみたら……。

「すごいね」

「……帰る？」

長蛇の列でした。どのぐらい長いかというと、某夢の国の三大マウンテン並の行列です。基本小心者なロザリアと日本人の凛は、この行列をスルーするのは……別のとこ行こうかなと考えていたら、案内係のお兄さんがチケットを持っているのに気づいてやって来て誘導されてしまいました。

お香をたいているのか、不思議な香りがします。いかにもな占い館。黒や紫をメインに、星空をイメージしたデザイン。

「こんにちは。何を知りたいのかしら？」

先ほどのお姉さんとは兄妹なのだろうか。そっくりです。別に占ってほしいことはない。だが、デートで占いといえば……。

「彼との相性を占ってください」

「わかったわ。知りたいことを念じながらカードを交ぜてね」

ディルクとの相性……ディルクとの相性……と念じながら交ぜた。カードはタロットによく似ていた。

「…………まあ。すごい……もう一回やってみてもいいかしら？」

お姉さんはそのあと二回やり直したが、カードは全く同じだった。ディルクは不安げにしています。カードを見る限り、悪い結果ではなさそう。

「すごい……初めてだわ！　お嬢さん達は運命の恋人よ！　何があろうと結ばれ、添い遂げるわ！　長く占い師をやっているけど、初めて見たわ。最高の相性よ！」

「運命の恋人……」

ディルクは乙女のように頬を染めています。良かったね。私も嬉しいです。

「あ、でもすれ違いや誤解の暗示が未来にあるわね。きちんと話し合うことが大切よ。相手のためでも、ね」

「はい、わかりました」

「……貴方達の未来も占ってみていいかしら？」

「……かまいませんが……」

無理じゃないかな？　と思いつつ、カードをディルクと交ぜた。

「!?」

「……これは」

「あ、やっぱり」

青ざめるお姉さん、驚くディルク、やっぱりなぁと思う私。

カードは全て真っ黒になっていた。カードに魔法がかかっているのか、お姉さんが天啓持ちなのかは知らないが、魔に関わる私達の未来は予知も予測も不可能だろう。

「これは占い不可能ってことですかね？」

私は黒いカードを手に取りヒラヒラさせた。

「ええ……そうね。私には無理だわ」

「ディルク、大丈夫。ロザリアの未来予測ができないのと多分同じだから。それに、何があろうと私は私の望む未来をゲットしますから」

不安そうなディルクに微笑んでみせた。

「……そう、だね。俺達は今そのために動いているんだ」

自然と互いの手を取り、コツンと額をあわせた。

「私達が一緒なら大丈夫」

「俺達が一緒なら大丈夫」

重なった声に、笑みがこぼれた。

「そうね。予測できないだけで、貴方達の未来はきっと幸せに溢れているわ。これをどうぞ」

お姉さんに綺麗なカードをいただきました。

「幸せのお守りよ。悪いものを祓ってくれると言われているわ」

お札みたいなものかな？　私とディルクの分をいただき、お姉さんにお礼を言って別れました。

時間もちょうどいいので、ディルクとランチです。町の公園の芝生にシートを敷いてお弁当を準備します。さりげなく手伝うディルクにこっそり胸キュンしつつ……準備完了！

「ディルク、あーん」

いつも通りディルクのお膝でディルクに食べさせます。

「ロザリンド、あーん」

公園に他に人がいないせいか、ディルクはデレデレです。はぅ……幸せ！　ご飯を幸せそうに食べるディルクを間近で見る至福……朝から頑張ってこしらえたかいがあります！

「ロザリンドのご飯……」

ディルクはご飯と幸せを噛み締めています。この瞬間のために生きてる……と言っても過言ではありません。

「私、幸せそうにご飯を食べるディルクを見ると幸せです」

「……そうなの？」

「はい。作ってよかったと思います。ディルクが笑っているだけで幸せなんですが、それが私のご飯によるものだと思うと、もっと幸せです。美味しそうにご飯を食べるディルクが大好きです」

「……あ、あう……ロザリンドは俺をどうしたいの？　そ、そんなこと言われたらせっかくのご飯の味がわかんなくなる……」

ディルクは首まで真っ赤です。いや、どうしたいのと言われたら……。

「デレッデレに甘やかしてかまいたおして、たまにいじりたいです。あと、たまに甘えたい」

「いじるのは要らないよね⁉」

「私のライフワークです」

「今すぐ変更して！」

「いじられて嬉しいくせに」

「う…………たまにで」

恥じらいながらも肯定した。可愛いなぁ……。

「承りました。はい、あーん」

「……美味し……⁉」

「ふふ……ごちそうさま」

不意打ちで、ちゅーしてやりました。ディルクは真っ赤になって口をもぐもぐしています。

「もう……！」

ディルクが口に入れてたご飯を飲み込んだ直後、視界が反転した。

「わぁ⁉」

や、やりすぎた⁉　押し倒されてる‼　い、いくら人がいないとはいえ外ですよ⁉　しかも私は結界をはってないわけで……。

「んぅ……⁉」

き、キスが深い！　身体の力が抜ける……まずいまずいまずい！　これ以上はまずいと思いつつ、
結界をはる余裕なんぞない。だ、誰か助けて！　と思ったら…………。

「やっと見つけたぞ…………⁉　な、何をしてるんだ⁉　ハレンチな！　き、貴様ロリコンか⁉」

カエルよ、助かったけど間が悪いよ！

「…………」

あ、ディルクがキレてる。さりげなくロリコンとか言ったし……まずい！　カエルが八つ裂きにされるかもしんない！

「た、助けて！　ウルファネアマスク、ウルファネアシャドウ‼」

けっこう本気で助けを求めました。カエルがやばい！　私ではなくカエルを助けて！　オッサン達はディルクの様子がおかしいことに気がついて、地味にビビっている。

「こ、来ない⁉」

「ふはははは、奴らはいたいけな子供達に捕まっている！　今頃楽しく遊んでいるはずだ！」

「くっ……！」

どちらもわりと子供好き……さすがに子供をふりきってはこられないだろう。つーか危険なのは自分だと理解しろ、カエル‼

「ご心配には及びません！」

「ウルファネアシャドウ⁉」

「……私は子供に人気がないですから、ちち……ウルファネアマスクに任せてきました」

めちゃくちゃ哀愁漂っているウルファネアシャドウ。う、うちの子達は君に懐いているからね！

ジェラルディンさんも力業遊びしてくれるから懐いてはいるけど、君の良さである細やかな配慮を子供達も私もよくわかっているよ！

「ウルファネアシャドウの良さは初見ではわかりにくいだけだよ！　私はいつも感謝してるからね！」

「お嬢様……」

「カエルさん達は頼みました！　ディルクは私がどうにかします！」

「は？」

ついていけてないカエル達。

「私のつがいがイチャイチャを邪魔されてキレてるんですよ！　死にたくなければ逃げなさい！

私も流血沙汰はごめんです！」

「⁉」

状況を理解したカエル達は一斉に逃げ出した。逃げるのが遅いよ！　殺気に気がついて！

「……ころす」

「待って待って待って！」

「ちょ！　ディルク様⁉　ナイフを投げたらダメです！」

カエル達を庇うジャッシュ。なんとかナイフを叩き落とす。

こ、こうなれば奥の手だ‼

「ディルクぅ……デート、私も楽しみにしていたの。このお弁当もディルク喜んでくれるかなって、ディルクが美味しいって特に喜んでいたおかずばっかり詰めて……だ、だからディルクに全部食べてほしいの……だめ？」

「くっ‼」

「ぐはっ！」

こうかはばつぐんだ（本日3回目）。

どうでもいいが、ジャッシュもお嬢様可愛い……ディルク様羨ましいと悶えている。そして内心、私も甘えっこな口調が恥ずかしくて悶えている。

ディルクは丸まって悶えている。とても嬉しい。このままカエルを忘れさせてしまおう。

「ディルク、あーん」

「あ、あーん」

「美味しい？」

「……うん」

はにかんだディルクの笑顔に、私もにっこにこだ。

「ディルク、私幸せ」

「うん……俺も」

空気が読めるウルファネアシャドウはいつの間にか姿を消し、私達は幸せなランチタイムを過ごしました。

幸せランチタイムを堪能した後、先ほど頼んだチャームを受け取りに行きました。

「あ、親方！　先ほどの方達ですよ！」

「待てや！　もうちょぃ……もうちょぃ磨きてぇ‼」

「もうちょぃもうちょぃって……かれこれ三十分……」

「うるせぇ気が散る‼」

弟子らしき少年は拳骨を食らっていました。い、痛そう……声も出さずに悶絶して転げ回っています。

「だ、大丈夫？」

とりあえず魔法で治してあげました。

「……痛みが……あ、ありがとうございます。魔法使いなんですか？　スゴいや、初めて見た！」

「まぁ、一応」

「ならちょうどいいな。石は勝手に変えちまったが、魔法使いなら上手く使えんだろ」

親方さんからチャームを受け取った。

「うわぁ…………」

綺麗だ。青い薔薇と蔦が絡んだデザインが追加された繊細な扉。中央には、琥珀と紫水晶を混ぜて溶かしたような石が二つ。光に透かすと、ゆらゆらと揺れる。予定とは違うが、とても素敵な石が二つ嵌められていた。というか、この石は……。

「あの……これ女神の雫？」

魔石の中でもレア中のレア。全ての属性魔力に転換可能な魔石である。

「そうだ。たまたまあってな。同じ石を割って作ったものだ。石同士が引き合うはずだ」

ディルクに渡して、互いの扉のチャームをカチリと嵌め込む。

「……素敵なお揃いだね」

「はい。親方さん、とても気に入りました。ありがとうございます。素晴らしいできですし、魔石の分だけでも支払いたいのですが」

「ああ……男に二言はねぇ。魔石も、もらいもんだから金はいい。だが……そうだな。扉の構図が気に入った。それと全く同じやつは作らねえが、似たやつを作ってもいいか？」

「はい」

というわけで、結局無料でいただきました。

「……同じ魔石で作られた……かぁ。ディルク、ちょっと貸して？」

「うん」

ディルクからチャームを受け取り、魔法をかけた。

『この扉の先に、貴方がいつもいますように』

「よし。ディルク、このチャームを使うともう一つがどこにあるかわかるし、その場所に転移できるよ」

「便利だね」

「ディルクとはぐれてもすぐ合流できますよ」

「……そもそもはぐれないでね？」

「……はい」

既に以前、数回迷子になったので、否定できない私です。

「あ、あの……」

またしてもカエルと愉快な仲間達が来てしまいました。あの、ディルクが……死にたいの⁉　自殺志願者なの⁉　いや、でも様子がおかしい。

「申し訳ありませんでした。もうデートの邪魔はいたしません。これをどうぞ」

「……ハンカチ？」

お揃いのハンカチだ。私のはレースがついて可愛らしい。羽の刺繍がお揃いで、上品なつくりである。

「……素敵ね」

「あ、ありがとうございます！」

嬉しそうなカエル。

「で、なんでいきなり贈り物なわけ？」

「……お嬢様は僕が図星をさされて逆恨みし、追いかけ回したにもかかわらずつがいの方のお怒りを鎮めて我々が殺されないようにしてくださいました」

「はあ。図星？」

「……はい。うちの店がセンス悪いだなんて……僕が一番わかっているんです！　う……う……うわあああああああん」

「ぼっちゃん……」

オッサン達も痛ましげにカエルを見ている。というか、往来で号泣すんなよ。ん？　よく見たら、このカエル………若いのか？

「……貴方ちなみに、いくつなの？」

「……ぐすっ、十七ですが？」

「セブンティーン！？？」

予想外に若かったです。てっきりアラフォーかと思ってたよ‼　見えなぁぁぁぁい‼

ディルクはカエルが謝罪したのと号泣しだしたのとで、殺気は消えています。立ち話もなんなのでとカエルの屋敷に案内されました。

カエルのお屋敷は調度も上品で、あの成金ハデハデ趣味は欠片(かけら)もありません。

「先ほどは取り乱して申し訳ありません」

「いやまぁ……構わないけど」

カエルは身の上話を語り出した。カエルにはつがいがいるが、ある日つがいが友人と話しているのを聞いてしまったのだという。

「あんなデブで醜くて人化もできないぱっとしないカエル、好きじゃない！　店だってうちのほうが繁盛してるし！」

カエルは努力したが痩(や)せられなかった。父を早くに亡くし、店の経営と服作りで手いっぱいだったのもある。そんなある日、変わったしゃべり方の青年とたまたま知り合った。青年は奇抜で斬新なデザインをたくさん教えてくれた。店は大繁盛した。

しかし、カエル……名前はケールさんらしい……はそのデザインが好きではなかった。王室御用達にまでなったが、未(いま)だにその葛藤(かっとう)は続いている。それに、他者から貰(もら)ったデザインだという負い目もある。

「……ふむ。とりあえず、つがいの彼女とは直接話をする。店には自分の気に入ったデザインを置くか、いっそ別店舗作ってそっちに置けば？」

「……ざっくりだね」

「うん。でもそんなとこじゃない？　人化についてはやったことあるからちょいちょいっとどうにかしてあげるよ」

魔力を流すとカエル顔だったケールさんは、ぽっちゃり青年になった。愛嬌(あいきょう)のあるお顔ですね。

ケールさんは泣きながら何度もお礼を言いました。

「ところで、押し売りしようとしたのとリス獣人達の店への嫌がらせは？」

「押し売りは……その、僕も正直自棄になっていまして、図星をさされてむきにもなっておりましたし……騎士につきだされても仕方ないと思います。えっと……嫌がらせ？」

「…………ん？」

ケールさんは嫌がらせについては知らないらしい。

「俺達はリスの獣人さんから、君達に嫌がらせされていると聞いたんだけど」

ディルクが情報を補足した。

「えええ⁉」

驚愕するケールさん。オッサン達が目をそらした。犯人はお前らか。

「だってあの女酷いんすよ！　ぼっちゃんは確かにぽっちゃりしているけど、早くに旦那様が死んで苦労してきたんすよ！　それなのに俺らに苦労かけたくないって頑張って……それをデブとか！」

「そっすよ！　確かにぼっちゃんは要領悪いしドジだけど、人一倍努力家なんすよ‼」

「おう！　確かに見た目カエルで気持ち悪いが、男は見た目じゃねえ‼」

オッサン達……。

「……僕、泣いていいですかね」

「……いいと思います。オッサン達！　オブラート大事‼　悪気がなけりゃ何を言ってもいいってわけじゃないんだからね‼」

ケールさんはディルクが慰めています。

「あ、それからリスの獣人さんのお店は、害を及ぼす者にお漏らしの呪いがかかるようになっていますから」

「地味に恐ろしい！」

「オムツが手放せない身体になりたくなければ、嫌がらせしなきゃいいんですよ」

にやりと笑う私に、男性達は震え上がりました。

ケールさんのつがいの方はリスのおばさまことリーネさんの娘さんなんだとか。

後日、リーネさんの娘さんとおかげで上手くいきましたとお礼の手紙がきました。リーネさんの娘さんは勝ち気なツンデレだったらしく、友人にからかわれて心にもないことを言ってしまったらしいです。今ではケールさんのお腹をたぷたぷするぐらい仲良くなって……待って‼　それどんな関係なの⁉　ケールさんはそれでいいの⁉　それ上手くいったの⁉

ケールさんの店には流行りのハデハデ。ケールさんが作りたいやつはリーネさんのお店に出してもらうことになり、お礼に服が届きましたがとても可愛らしいウルファネアテイストのワンピースドレスで売れ行きも上々だそうです。

追伸によれば、ケールさんは私が肉の聖女だと後日知ることになり（どうやら彼方さん経由で）泡を吹いて倒れたらしいです。

ディルクとシュシュさんのお屋敷に戻りました。まぁ、なんだかんだありましたがディルクとイチャイチャできたので私は満足です。

「ディルク、楽しかったね」

「うん」

手を繋(つな)いだまま、笑いあいました。夕食を済ませ、明日は帰るので荷造り……といっても荷物をひたすらポーチに詰めるだけの簡単作業なのですが……をしているとチャームが目に入りました。

「……ちょっと試してみようかな」

いや、違うんですよ。ディルクと別れたばかりでまた会いたいとか思ってるわけではなく、あくまでもこれは実験！　実験なんです！　いきなり実戦で使って作動しなかったら大変だしね！　と内心言い訳しつつ、チャームを作動させました。

「がぼっ⁉」

な、何⁉　水……いやお湯⁉　転移直後にいきなり周囲が水中で、思い切り水を飲んでしまった。

「……⁉　……⁉」

息ができない。水で呼吸が妨げられる。強い力で水中から引っ張りあげられた。

「ロザリンド……！」

「……!?　……ん、ふ……」

何かが水を吐き出させてくれたらしく、やっと呼吸ができるようになった。

「ふ……けほっ」

「大丈夫？　ゆっくり息をして」

「ら……らいりょうぶ……げほっ」

ようやく周囲を確認できた。私は両脇に手を入れられた状態で持ち上げられている。

待て……持ち上げられている？　持ち上げているのはたくましい両腕……視界には黒とピンクと……生肌多いね？　私を持ち上げる心配そうなディルクと目が合ったが、私はそれどころではない。

「お嬢様!?　一体何があったんですか!?」

「主？　溺(おぼ)れたのか？」

ここはどうやら風呂場(ふろば)らしいです。最愛のディルクも全裸です。服を着て入浴する馬鹿はいません。しかも、私を持ち上げているから……丸見えですよ！　そしてさらに全裸でくるな、従僕達‼　ディルクの全裸だけでも私はいっぱいいっぱいなんだからぁぁぁ‼　見せるな！　隠せ‼　チラリどころじゃないぃぃぃぃ‼

「げほっけほっえほっ」

「ロザリンド、大丈夫!?」

動揺してさらにむせる私。とりあえず隠せと叫びたいが、焦れば焦るほど上手く呼吸ができない。

ひああああ!?　抱きしめて背中をさすらないでぇぇ!!　あた、当たってるぅぅ!?　のぼせかけなのか、本気で頭が働かない！　これが噂のラッキーすけべ……いやいや、違うから!!

「けほっ……ふくっげほっ……」

「服？　びしょびしょだね……とりあえず脱がさないと……」

いやいやいや、待って!!　服をきて!!　ディルクも混乱しているな!?　とりあえず脱がすなよ！　私が脱いでどうすんの!?　自分の危機に、ようやく呼吸が正常化した。私は力の限り叫んだ。

「ふっ服をきてぇぇぇ!!　見えてるから！　見えたらいけないものまで全部!!　しかも脱がすなぁ!!」

「「!?」」

ディルクとジャッシュは私の言葉に反応して、弾かれたかのようなすばやい動きでタオルを腰に巻きました。

「気にするな、俺と主の仲だろう」

気にしろよ!!　気にしないのはジェラルディンさんだけですよ！　どんな仲だよ！　気になるよ！　嫌あああ!?　ぶらぶらさせて近寄るなぁぁ!!

「きゃあああああ!!　ディルク！　ディルク助けてぇぇ!!　うわあああああん!!　ディルクぅぅ!!　ディルクぅぅ!!」

もはやパニックを起こして泣き叫ぶ私。いや、タオル一枚のディルクに抱っこされるのも困る!!　みぎゃあああああ!?　至近距離の濡れた髪がセクシーすぎる！　全力で暴れてるのにびくともしないなんてたくましい……ではなく！　ダメだ、頭が働かない！

「ひああああああ⁉」

パニックでマジ泣きする私にスリスリするディルク。鬼畜か⁉

「……ロザリンドが可愛い……どうしよう」

「ディルク様、とりあえずお嬢様は本気で泣いていますから解放してあげましょうよ……。お嬢様……父にはよぉく……よぉぉぉく念入りに言っておきますからね。安心してください」

「えぐ……よ、よろしくお願いいたします」

ジャッシュの背後に般若が見えた気がした。逆らったらいけないやつだね。でも確かによく指導しといてくれ。本気でパニック起こして泣いたから！　ジャッシュは英雄にアイアンクローをかますと引きずっていきました。あの、息子さん……お父さんの扱いがどんどん雑になってないかな？

「ロザリンド、可愛い……」

「ひっく……ディルクぅぅ怖かったよー。怖かったよー」

「…………うん、よしよし。もう大丈夫だからね」

「ひっく……」

うん、待てや。

私は今、男湯の脱衣室で、タオル一枚のディルク様の、お膝に乗っています。

「いやあああああ⁉」

「ロザリンド⁉」

「ロザリンドじゃないよ！　そんな裸……ほぼ裸でひっつかれて、落ち着くわけがなぁぁぃ‼

ディルクのえっちぃぃ‼」

いや、落ち着いてしまいましたがね……正気にかえった私は逃亡して服を乾かし客室に立て籠りましたが、どう考えても……何度も考えましたが悪いのは私でした。

転移は便利ですが、相手方の状況を確認してから転移しないといけませんね。

今回はまだ風呂場だったから良かったけど……例えばこう……トイレ中とかウニャウニャ中だと気まずいし、狭い場所とか、ダンジョン内部で罠の中に出たりしたら下手をすれば命にかかわる。

通信機能をつけるべきだなと考えていたら、チャームが光りだした。

ロザリンド＝ローゼンベルクはウッカリ星の住人です。立て籠っていてもこのチャームがあれば意味がないじゃないか！　ディルクは魔力コントロールを習得したので、魔具も使えるようになっているんです。

ディルクが転移してきてしまいました。

「ロザリンド、怒ってる？　ごめんね。とりあえず、すぐに風呂場から出してあげるべきだったのに、俺も混乱してて……」

優しいディルク。私はほぼ八つ当たりで逃げたというのに、安定の天使です。

「……いや、怒る意味がわからないですよ。むしろ私があまりにも堂々とした覗きをしでかしてしまっただけじゃないですか……ディルクって身体も綺麗ですよね」

「……はぁ⁉　い、いや俺は結構傷痕が残っているし綺麗ではないよ？」

「いえ、均整のとれた身体に、適度な筋肉……惚れ惚れします」

「あ、ありがとう。で、どうして急に転移したの？　何か急用があったの？」

「……すいませんでした！　入浴中とは知らずに……！」

土下座をする私。首をかしげるディルク。もはや、私の土下座を見ても平常になったようです。

土下座をされ慣れたということか……それもどうなんだ。

「いや、まぁ……別にそこはどうでもいいけど、何か用事があったんじゃ？」

どうでもよくはないと思うが、私も思考がややから回っている。ど、どうしたら誤魔化せる？

「あ！　そのチャーム、通信機能をつけましょう！　トイレとかまずいときに転移しないようにね！」

「あ、うん」

素直にチャームを渡すディルク。頼む！　このまま私の用件はチャームに魔法を追加することだと勘違いしてくれ！

「………あのさ」

「ひゃい⁉　チ、チャームに付与はできましたみょ！」

私は動揺のあまり噛んだが、ディルクはスルーしてチャームを受け取った。

「ありがとう。で、用事はなんだったの？　通信機能をつけるのは今回の失敗があったからでしょ？」

「………ソウデス」

「さっきから必死に話をそらしているけど、別に言いたくなかったら言いたくないでいいんだよ？」

ううううう！　バレてた！　そして、ディルク優しい！　微妙に耳と尻尾がしんなりしているじゃないか！　そりゃ気になるよね。でも私の気持ちを優先して言いたくないなら言わなくていいと……ざ、罪悪感が……たいしたことじゃないんだ！　さらっと！　さらっと言うんだロザリンド！

「その……今日は楽しくて……あの……明日からはまた一緒にいる時間減るからさ……そしたら、あ、会いたくなっちゃってさ？　あは、あは、あはははははー」

「……うん」

すいません、照れないでください！　その口もとを手で隠すしぐさは個人的にツボなんで美味しいです。しかし、ただでさえ用もないのに、さっきまで一緒だったけど……明日からずっと一緒にはいられないから寂しかったの……と言ってしまった私には辛い……恥ずか死ぬ……誰か助けてくれ！

「そっか……ふ、ふふ可愛いなぁ……可愛いんだよ……。ロザリンドが可愛すぎて辛い……。もうロザリンド、家に住まない？」

ディルクに抱きしめられて頬ずりされる私。なんか、ディルクが最近私にデレデレな気がするのは気のせいか？

「お持ち帰りされたいけど……家族が泣くだろうなぁ……」

「…………確かに。結婚までの辛抱だね。今日は一緒に寝ようか」

「うん。たくさんお話ししよう」

「そうだね」

ベッドでくつろぎながらまったり会話をする私達。

「それにしても、さっきはびっくりしたよ。ロザリンドのことを考えてたら、目の前に本人が出てくるし、息してないし」

「うう、びっくりさせてすいません。そういえば、なんで風呂場にチャームを持ち込んでたの？」

「お、お揃いが嬉しくて……眺めてました」

恥じらうディルクは私よりも乙女力が高い気がします。完敗です。

「そっか。あの……息してなかったというか、水を飲み込んじゃって苦しいのが楽になったのは……」

「…………吐き出させました」

「つまり私は全裸のディルクにディープなキスを……」

「キスじゃなく人工呼吸だと思う‼」

「……ディルクは命の恩人ですね。でも、どっちにしても私がディルク以外のお嫁に行けなくなる行為な気がします」

「ろ、ロザリンドは俺と結婚するからいいんです」

「えへへ、うん。ディルクだぁいすき……」

泣いたり叫んだり色々ありすぎて疲れていたのか、あっという間に眠りに落ちた。

「……ここで寝る⁉　うう……寝顔も可愛い……最近は甘えてくれて嬉しいよ。俺に助けを求めてくれたのも、嬉しかった」

薄れていく意識のなか、そんなディルクの声を聞いた気がした。

エピローグ　帰宅

今日、私はクリスティアに帰還します。

「シーダ君……兄を、うちの兄をくれぐれもよろしくお願いいたします！」

私は土下座する勢いでシーダ君に兄のことをお願いしました。兄は研究があるとかでもうしばらくウルファネアに残るらしいのです。マーサの結婚式までには戻るとのこと。

「借りがでかすぎるからな。ちょっとずつ返すつもりでいるから、ルーの面倒ぐらいいくらでも見てやるさ」

「シーダ君イケメン！　仕方ないからミルフィとのお付き合いを認めます！」

「認めてなかったのか⁉」

そんなショートコントをしていたら、シーダ君の背後で爆発音がしました。

「……ロザリンド、元気でな。新学期にまた会おう。バカどもは任せとけ」

爽（さわ）やかに笑顔でキレたシーダ君。爆発音に向かって怒鳴りながら駆けていきました。

「今度は何をやらかした‼　この三馬鹿がぁぁぁ‼」

シーダ君……ウルファネアの平和は君にかかっています。遠い目でシーダ君を拝む私。

「世話になったな。また遊びにおいで」

「本当に、本当に、本っ当にありがとうございました‼」

オスカルさんに頭を撫でられ、アンドレさんに頭を下げられまくりました。彼方さんとシュシュさんはまだ蜜月中。頑張れと伝言をお願いしました。

「また来ますね」

レオールさん達やディルクのお祖父様達にご挨拶をして……ウルファネア王族は忙しいの知ってますから仕事しろと見送り禁止にして、クリスティアに帰還しました。

「ロザリンド、また明日」

ローゼンベルク邸でディルクと別れるのですが、ばいばいではなくまたねと言ってくれるディルクに胸キュンしました。

「我々は先に行きますね」

「お嬢様、ごゆっくりー」

察しがいいうちの専属メイドと従僕が、そそくさと察しが悪い従僕を引きずっています。

「なんで俺は引っ張られているんだ？」

「「邪魔だからです」」

君達よ、ジェラルディンさんの扱いが本当に酷くないか？　まぁいいけど。

「えと……うん。また明日」

にっこり笑って行こうとするディルク……ち、ちょっとだけ！　やっぱり離れがたくてディルクに抱きついた。

「ロザリンド？」

「充電してるので、待って……」

「……俺、ロザリンドを寂しがらせたくないけど、俺と離れたがらないロザリンドを見ると可愛いし嬉しい。明日を楽しみに待っていますよ、可愛い俺のお嫁さん」

　チュッとキスをして、私がびっくりした隙にディルクは行ってしまった。

　へたりこみ、ディルクの背中を見つめる。か、かっこよすぎる！　いつの間にこんな技を……！　悶えていたら、家に入ったはずのラビーシャちゃんにからかわれた。

「きゃあ！　ときめきますね！　萌えますね！　去り際チューなんて、ディルクさんカッコいい！」

「同感だけど、いつからいたの⁉」

「え？　荷物置いたらすぐ戻ってきましたから、お嬢様が抱きついた……」

「忘れてぇぇ‼」

「いや、次の専属メイドは見たのネタに……」

「主人のプライバシーを売るなぁぁぁ‼」

　ラビーシャちゃんとそんなくだらないやり取りをしつつ、ようやく帰宅しました。

「ただいまー」

「おかえりなさいませ、お嬢様」

「おかえり、ロザリンドちゃん」

「おかえりなさい、お姉ちゃん」

「おねーちゃん！」

「おかえり、お嬢様」

「おかえり、ロザリンド」

マーサ、母、みんなからおかえりと言われると、帰ってきたなぁと思います。

「あれ？　父様？」

父が帰宅するにはまだ早い時間です。

「お嬢様が帰るからって仕事片付けたんですよ、全力で。おかげで早くあがれました。恐るべし、親馬鹿力」

女子力みたく言わないでほしいです。父の侍従でマーサの弟であるアークが説明してくれました。

「……父様……」

「……出迎えがしたかった」

父がデレた！　そういえば、してほしいことがありましたよ。

「とうさ……じゃなかった、パパ抱っこ！」

「…………………」

父がフリーズしました。あ、懐かしいな。昔、同じ光景を見たわ。

「………ぶはっ」

うん、父。固まってもいいけど息はしようか。深呼吸、深呼吸。

「だ、だだだだ抱っこか？」

動揺しすぎではないでしょうか。甘える私がレアすぎるせいか？

「高い高いをしてほしいのです」

「よし、任せろ！　腱鞘炎になるまでしてやる！」

「いや、普通に何回かしてほしいだけ……」

そんな苦行を強いたいわけではないです。父は軽々と私を持ち上げました。

はわ、高い！　しかも父は回転させたりなかなか上手い。

「あはは、パパ大好き」

「……く……なんという幸せ……」

あ、喜んでたのね？　私はあんまり甘えたことないしなぁ……子供らしくなくてごめんね、父よ。

ふと背後に視線を感じると、列ができていた。

「マリーも高い高いしてー、パパさん！」

うちで面倒を見ている白猫獣人のマリーが、にこにこと話しかけた。子供らしくて大変可愛い。

「え、えと……ボクもお願いします」

「……………（ぺこり）」

同じく家で面倒を見ている。犬獣人のポッチが控えめに。寡黙な蛇獣人のネックスも高い高いをしてほしいらしく並んでいる。

「僕も僕も！」

迷惑な脳筋英雄の息子であるジェンドも並んだ。

「パパ……じゃなかった、父様、みんなにもしてあげて」

「……家ではパパと呼びなさい」

「……は、はい」

子供に囲まれて幸せそうな父。あんなわかりやすく笑うのは珍しい。

「ロザリンドちゃん、ママともぎゅー」

「ぎゅー」

母はいい匂いがします。

「パパ幸せそうね」

「ですねぇ」

「ママも幸せです」

「私も幸せです。ママもパパも……みんな大好き！」

行列ができる父は宣言通り腱鞘炎になりましたが、幸せそうなのでいいことにしました。ちなみに魔法でさっさと治してあげました。

特別編　シュシュさんと可愛い

ウルファネア城へジューダス様と魔の様子を見に行った帰りに、シュシュさんと遭遇した。

「やあ、我が麗しの主。私とお茶でもいかがかね？」

美女に誘われてお断りすることなどありえない。そんなわけでシュシュさんおすすめというお店に行くことになった。


店の中も外も、とてつもなく可愛らしい。ふわふわな砂糖菓子のようなお店だった。わりと大雑把な気風のウルファネアでは珍しいが、それなりに繁盛しているようだった。

「おや、オーナー、おかえりなさいませ。個室をご用意しますか？」

「ああ。頼む」

やり取りから、ここはシュシュさんの経営する店なんだなと納得した。通された個室は、とても少女趣味で素敵だった。出されたスイーツも凝っていて、とても可愛らしかった。チョコが特産だからか、チョコ菓子がメインらしい。今度ミルフィやラビーシャちゃんを連れてきたいな。

「ふふ、この店は気に入ったかい？」

「はい。今度友人を連れてきたいなと思うぐらいには」

「それは良かった。その……ロザリンドちゃんは意外だと言わないのだね」

シュシュさんはどこか不安そうにそう告げた。困っているようにも見える。

「シュシュさんは可愛いものがお好きと聞いたので、意外でも何でもないです」

「ははっ、流石は我が主！　この店は、カナタが私にくれたんだ。好きな物を我慢することはない。威厳がどうとか気になるのなら、個室のある店を作ってやるとね」

シュシュさんはとても嬉しそうだ。

シュシュさんは公爵家の跡取りだったから、とても厳しい教育を受けたそうだ。可愛いものやぬいぐるみが大好きだったが、いつしかそういう可愛らしいものが好きなことを隠すようになった。カッコいい自分でいなければ、女公爵として舐められないようにしなければと、気負っていたのだという。

「そんな息が詰まりそうな時だ。カナタが現れたのは」

シュシュさんにとって、いやウルファネアの大半にとって、彼方さんは不可解な人間だった。己の弱さを何とも思っていない。腕力はないから別の部分で働くことにすると、いつの間にか商人になってシュシュさんの隣にいた。

「その、な。私のことを可愛いって言うのはカナタぐらいなんだ。私、本当は可愛くなりたかった。でも、魔に憑かれたレオールにも言われたけど、真逆である自覚はある」

「シュシュさんは可愛いですよ？」

大人しく聞いていようかと思ったが、やめた。そんなものは呪いだ。

「ロザリンドちゃん？　な、なんだか怒っていないか？」

「シュシュさんは可愛いと証明してみせます」

「へ？」

私はそのままシュシュさんを拉致（らち）してブティックに連れ込み、可愛くしてあげることにした。店員さんもノリノリで服や小物を持ってきてくれる。メイクを変えれば雰囲気も変わる。ほぼすっぴんでも美人なのだ。いじればもっと美しくなる。


一時間後。

「完成！　ほらほら！　可愛いは作れるんです！」

「これが、私？」

眉（まゆ）を整え、少したれ目に見えるようメイクを施した。肩幅をカバーするため髪はおろして花を編み込み、フレンチスリーブ風のチャイナ服をチョイス。スラっとした足がちら見えしてセクシー。さりげなくレースがあるからフェミニンな印象で可愛い。


『可愛いー』

店員さん達と全力で取り組んだからか、謎の連帯感が生まれていた。みんなで手を取り合って喜びつつ、全力でシュシュさんをほめた。可愛いは言われ慣れてないらしく、困った様子がまた可愛い。

「ロザリンドちゃん、なんやいきなり」

タイミングよく彼方さんも来てくれた。理由も言わずにとにかく来ての一点張りでごり押ししたかいがあった。可愛さマシマシのシュシュさんを彼方さんに見せると、彼方さんは何故かシュシュさんを上着で隠した。

「カナタ……？」

「あかん。こらあかん。可愛いが過ぎる……。ロザリンドちゃん何すんの。シュシュは世界一可愛いんやから、こんなに可愛くしたらあかんやろがい！　ありがとうございます、眼福です、ほんまあかんわ、シュシュ可愛いマジ可愛い攫（さら）われたら困るから、このまま連れてってええか？」

彼方さんの欲望がだだ洩（も）れしている。

「それはかまいませんが、ちょっとお願いがあります」

「なんなりと」

彼方さんはシュシュさんをがっちり確保している。

「シュシュさん、自分のことが可愛くないと思い込んでいるので、その呪縛を解いてください」

「マジで？　シュシュ、俺が嘘（うそ）ついてると思ってんの？」

「嘘、とは思ってないが、カナタが変わっているからだと思っていた。それから、カナタにもっと可愛いって思ってほしくて色々したけどうまくいかなくて……」

「あかん。俺のシュシュ、天使。可愛いが過ぎてなんかもうよくわからんくなってきた！」

彼方さんが身もだえる。真面目(まじめ)な話なんだからちゃんと聞こうよ。

「カナタ、今日の私は可愛いか?」

「すげえ可愛い！　いつも可愛いけど、もっと可愛い！」

彼方さんは満面の笑みで即答した。その笑顔を見たシュシュさんが、今日一番可愛かった。

「ロザリンドちゃん、今日はありがとう。また相談してもいいかな?」

「もちろんです」

その後、シュシュさんのコーデについては母だけでなく色んな人が参加して大変なことになるのですが、それはまた別のお話。

あとがき

まずは、ここまでお付き合いくださった読者様、ありがとうございます。世間では相も変わらず様々なことが起こり、なかなか外出もできず大変だと思います。ご近所のわんこを触るのにも躊躇(ちゅうちょ)する、嫌な日々でございます。そんなモフモフ禁断症状な貴方(あなた)も「悪役令嬢になんかなりません。」（通称「悪なり」）シリーズで笑いとモフ欲発散！　ができたらいいなと思っています。余計モフりたくなりますかね？　イエスモフモフ！　モフタッチ！

物語的にはだいぶ前進し、ようやくロザリンドが神様と会いました。ロザリンド達はどうやって悲劇を回避するのか、今後の展開をどうぞお楽しみに！

さて、コミカライズの方も二巻が発売となりました。ユハズ先生のディルクが、いやロザリアもというか皆可愛(かわい)いのですよ！　普通に一読者として私も楽しんでおります。ぜひ見てくださいね。

私もコミカライズに負けないよう頑張ります。また、八巻でお会いできる日を楽しみにしております。

カドカワBOOKS

悪役令嬢になんかなりません。私は『普通』の公爵令嬢です！ 7

2021年9月10日　初版発行

著者／明。

発行者／青柳昌行

発行／株式会社KADOKAWA

〒102-8177
東京都千代田区富士見2-13-3
電話／0570-002-301（ナビダイヤル）

編集／カドカワBOOKS編集部

印刷所／暁印刷

製本所／本間製本

※定価（または価格）はカバーに表示してあります。

●お問い合わせ
https://www.kadokawa.co.jp/（「お問い合わせ」へお進みください）
※内容によっては、お答えできない場合があります。
※サポートは日本国内のみとさせていただきます。
※Japanese text only

Printed in Japan
ISBN 978-4-04-074223-6 C0093

新文芸宣言

かつて「知」と「美」は特権階級の所有物でした。

15世紀、グーテンベルクが発明した活版印刷技術は、特権階級から「知」と「美」を解放し、ルネサンスや宗教改革を導きました。市民革命や産業革命も、大衆に「知」と「美」が広まらなければ起こりえませんでした。人間は、本を読むことにより、自由と平等を獲得していったのです。

21世紀、インターネット技術により、第二の「知」と「美」の解放が起こりました。一部の選ばれた才能を持つ者だけが文章や絵、映像を発表できる時代は終わり、誰もがネット上で自己表現を出来る時代がやってきました。

UGC（ユーザージェネレイテッドコンテンツ）の波は、今世界を席巻しています。UGCから生まれた小説は、一般大衆からの批評を取り込みながら内容を充実させて行きます。受け手と送り手の情報の交換によって、UGCは量的な評価を獲得し、爆発的にその数を増やしているのです。

こうしたUGCから生まれた小説群を、私たちは「新文芸」と名付けました。

新文芸は、インターネットによる新しい「知」と「美」の形です。

2015年10月10日

井上伸一郎